甘えたい、エッチな奥さまたち

◆◆◆

桜井真琴

Makoto Sakurai

紅文庫

目次

第一章　隣のギャル妻はハメたい盛り　6
第二章　彼女の母は、ボクの恋人　59
第三章　友人のセフレと夜這いプレイ　98
第四章　緊縛された姉ちゃんの友達　153
第五章　憧れのマドンナは寂しい人妻　196
第六章　甘えたがりの人妻たち　235

装幀　遠藤智子

甘えたい、エッチな奥さまたち

第一章　隣のギャル妻はハメたい盛り

1

夜十時。

新宿《しんじゅく》のバスターミナルは人であふれている。

東海道新幹線が大雨で止まっており、復旧は二時間後。代替としてみんな安い夜行バスを使おうとしているのだ。

山形俊一《やまがたしゅんいち》はため息をついた。

(名古屋《なごや》着は朝六時か)

久しぶりに東京に来てみればこの有様だ。相変わらずツイてない。

俊一は昨年二十五歳の若さでガンになった。早期発見なので治療で克服できたものの、それからずっとツイてない。

(まったく、なんで俺がガンなんだよ)

二十五歳にして俊一は童貞だ。いや童貞どころかキスもまだ。そんな自分がガンになるなんて神様は残酷すぎる。

というわけで、もう後悔しないように素直に生きようと決めた。

なのにいまだにツイてない。まったく世の中は不公平だ。

座ろうと思いきや、ベンチは空いていなかった。地べたに座っている女の子も多い。

(そういえば夜のバスターミナルは、パンチラスポットだっけ？)

ベンチが少ないから短いスカートで体育座りしている女の子が多いと聞いていたが本当のようだ。

ミニスカから黒いスパッツが覗けた。ラッキー、目の保養である。

(って、だめだ。あんまり見てると捕まるぞ)

俊一は煩悩《ぼんのう》を振り払って柵のあるところまで行き、そこで柵の柱を背にして座り込んだ。

久しぶりの東京だ。

疲れていた。

（あーあ、早くバスが来ないかなあ）

うーん、と大きく伸びをして夜空を見上げたときだった。

（は？）

空から女のケツが降ってきた。

いや、正確には薄ピンクのTバックパンティに包まれた、大きな尻が目の前にあったのだ。

（ぬわわわっ！　お、お尻っ、女の尻っ！）

慌てて立ち上がる。

何かと思ったら、茶髪のギャルっぽい派手な女の子が、ミニスカで柵に腰掛けていた。

（あ、これ、柵じゃなくてパイプベンチだ）

となると、こっちがベンチの下から覗いていたことになる。

まずいなと思いつつも下に男がいるというのに、無防備にパンツ丸出しで腰掛けてくる女ってなんなんだ、と思ったら、彼女はかなり酔っているらしくウトウトしている。

(ん？　あれ？)
ハッとした。
彼女の顔を見る。間違いない。アパートの隣に住む若い奥さんだ。
なんという偶然。
(これは起こした方がいいよな。もう出発の時間だし)
声をかけようとした、そのときだった。
彼女がいきなり抱きついてきて、俊一の心臓は止まりかけた。
「あ、あ、あの……お、奥さんっ！」
たまに挨拶する程度だから名前は知らない。
だが、とにかく美人なのは知っていたから、アクシデントでもうれしい。
(ああ……女の人の身体《からだ》って、や、柔らかいんだなあ)
俊一はのぼせた。
茶髪から甘いリンスっぽい匂いがした。
さらに彼女の全身からは、濃厚なミルクみたいな甘い匂いがして、クラクラした。

しかも身体つきは折れそうなほど細いのに、胸元はなかなかのボリュームで、ドキッとしてしまう。

朝、ゴミ出しの時、たまに薄手のTシャツなんかで出てくるときがある。

ぶかぶかのTシャツだけど、それでも胸は大きいなあと、なんとなくわかっていた。

そのまろやかな丸みを服越しにもろに感じた。うっとりした。

(いい匂いだし、柔らかいし……ああ、ずっと抱いていたい)

と、思うのだが、もちろんそうもいかない。

何せこの隣に住むギャル妻、美人ではあるのだが、元ヤンキーではないかと思うくらい目つきが怖い時があるのだ。

(誤解されたら、マズいよな)

俊一は慌てて、ポンポンと彼女の背中を叩き、

「あ、あの……お、起きてください、奥さん」

再び呼びかけてみた。

すると、ギャル妻はいきなり目を開けた。

驚いた。
「い、いや、あのっ、違うんです」
言い訳しようとするが、奥さんの目はまだぼんやりしたままだ。
酔いは完全に醒《さ》めていないようだ。
ちょっとホッとした。
（しかし初めてちゃんと見るけど、隣の奥さんってこんなに可愛らしかったのかよ）
改めて見て、俊一は感動した。
とにかく目が大きくて、顔が信じられないくらい小さかった。
それにピンクのグロスを塗った唇がぷっくりしてやたらと色っぽい。
茶色のセミロングの髪もさらさらの艶々《つやつや》。
化粧は派手だが、おそらくメイクしてなくてもアイドルみたいに可愛いに違いない。
それでいてスタイルもいい。
かなりのいい女であることは間違いない。

ぼうっと見ているると、ギャル妻は意識を取り戻したのか、急に目の焦点が合って、こちらをジッと見つめてきた。

「ねえ、キミ……お隣の童貞クンじゃないの」

は？　なんで童貞って知ってるんだよ。

「ど、童貞って……」

可愛いギャル妻からいきなり「童貞クン」と呼ばれ、俊一は動揺した。

「あははーッ。ごめんごめん、いつもあたしのおっぱいとかお尻とかジロジロ見てくるから、ついつい童貞クンって呼んじゃってたんだよねぇ」

ギャル妻がニヒヒと笑っている。

「す、すみませ……」

見ていたのがバレていたのか。ならば謝って退散しようと思ったが……。

気が変わった。

「み、見ますよ。だっていつも無防備な格好《かっこう》でゴミ出しとかしてくるんですから。それに奥さん、超可愛いし」

舌を噛みそうになった。

こんな恥ずかしいこと喋《しゃべ》ったのは初めてだ。でも、自分は生まれ変わったのだ。

言い返したことで、ギャル妻は面食らった顔をしたが、すぐにニヤニヤ笑って見つめてきた。

「ふーん……いつもはおどおどしてるのに、今日は言うじゃないの」

近づいてきて、濡れた瞳で見つめられる。

可愛い。

可愛すぎる。

思わず照れて目をそらすと、また笑われた。

「ウフフ。私、美優《みゆ》。仲田《なかだ》美優ね。お隣さんの名前は？」

山形俊一と言うと、

「俊一ね」

と、あっさりと名前で呼ばれた。ぐっと距離が近くなった気がする。

（こんな美人と会話できてるぞ。よーし、やればできるじゃないか）

いろいろ話していると、彼女の年は二十九歳と聞いて驚いた。

自分より４つも年上だ。

可愛いけれど、確かにこの成熟した色香はアラサーでないと出せないのかもしれない。

バスの出発時間が迫ってきて一緒に乗り込むと、美優は当たり前のように俊一と並んで座った。

ドキッした。

まるで恋人同士だ。

バスが発車すると、彼女は着ていたコートを脱いだ。中に着ていたのはVネックのニットだった。胸元が大きく盛り上がっていて、思わず目が吸い寄せられてしまう。

(大きいとは思ってたけど、こんなにおっぱいデカかったんだ)

おそらくGとかFカップとかありそうだ。

しかも身体のライン自体は細いから、おっぱいだけが大きいというエロい体型である。デニムミニスカートから覗く太ももがムッチリしている。

(で、この下はピンクのTバックなんだよな)

先ほど見た美優のヒップを思い描くと、いよいよ股間が大きくなってきた。

慌てて手で股間を隠したときだ。

「うふふ、やっぱりあたしの身体、見てるじゃないの」

彼女が顔を近づけてくる。アルコールの匂いがプンとする。

そのときだ。

股間に彼女の手が伸びてきて、俊一は飛び上がるほど驚いた。

2

（は？　え？　美優さん、な、何をしてるの？）

夜行バスの中。

隣席のギャル妻、美優のほっそりした手が硬くなった股間に置かれて俊一はパニックになった。

何も言えずにいると美優は大きな目をイタズラっぽく輝かせて、さらに身体を寄せてくる。

（あっ！　おっぱい）

左の肘《ひじ》にニット越しの柔らかなものが押しつけられている。

さらにさらに、である。

ミニスカートはきわどいところまでまくれ、むっちりした太ももが付け根まで見えていた。

(うおっ)

もう少しでピンクのTバックがパンチラしそうである。

あたふたしていると、美優は俊一の耳元にピンクの唇を近づけてきた。

「……エッチぃ……こんなに大きくして……」

ねっとりしたセクシーボイスでささやかれ、身体が熱くなって汗がにじんでくる。

「あ、あのっ……よ、酔ってますよね」

「酔ってるわよお。わるい?」

ギャル妻は舌足らずな口調で返しつつ、俊一の手をつかむと自分の太ももに導いて、その上からコートを広げてかけて隠してしまった。

(へっ?)

自分の左手が、可愛いギャル妻の生太ももの上にある。

すべすべしてあったかい、しかもムチムチだ。

(な、何考えてんだよ)

焦っていると、彼女がまたささやいてくる。

「ねえ、いいわ……触りたいんでしょう？　ウフフ、ね、指でして……」

ウソだろ。

「は？　い、いや、さ、触るなんて、そんな」

何なんだ。

美人局《つつもたせ》か何か？

いくら顔見知りとはいえ、夜行バスの中で隣り合った美人妻が、いきなり太ももに触ってもいいよ、なんて……。

訝《いぶか》しんでいると、しかし彼女は泣きそうな顔になって、つぶやいた。

「だってぇ……寂しいんだもん、あの人とケンカして。一緒に好きなバンドのライブに行こうとしてたのに、結局私ひとりで行くハメになって」

美優が口を尖《とが》らせた。

なるほど、ひとりで夜行バスに乗っていた理由がようやくわかった。

「そうだったんですか」

「ケンカっていうか、ここんとこ、ずっと倦怠期」

ギャル妻が拗《す》ねたような顔をする。

(それで触ってと……)

酔っているとはいえアパートの隣人にこんな恥ずかしいことを話すとは。おそらく欲求不満が爆発しているに違いない。

「ねえ、お願い……」

彼女はさらに強く股間を握ってくる。

(おああっ、も、もうだめだ。いいんですね)

理性はもうとっくにふっ飛んでいた。

俊一はドキドキしながら、ギャル妻の太ももを撫で始め……。

ええい。

罠《わな》であっても、もういいと覚悟を決めた。

俊一は脚を隠すようにかけられたコートの中で、美優の太もものあわいに思い切って左手を滑り込ませた。

（うわあっ、ムチムチだよ、ムチムチ……）

二十九歳のギャル妻の生太ももはすべすべでムッチリだ。

興奮して、さらにいやらしく撫でると、

「ん……う……」

美優が小さく声を漏らし、俊一の左腕にしがみついてきた。

（えっ……？）

見れば、ぱっちり目の可愛らしい顔が苦しげに歪《ゆが》み、眉間《みけん》に悩ましい縦ジワを刻んで、息づかいを乱し始めている。

（ウソだろ。感じてるの？　まさか……）

演技だよな、きっと。

ところがだ。

戸惑って触るのをやめると、ギャル妻は潤んだ瞳で見つめてきて、

「あん……いいよ、続けてっ……もっと……」

と、やたらセクシーな声で甘えてくるモノだから、演技でもなんでもいいやと、

再び太ももを撫で始める。

(怖い元ヤンかと思ってたら、なんだ、可愛いじゃないか)

本人がいいというのだから、いいのだきっと。

俊一は迷いを捨て、人妻のミニスカートの中に左手を忍ばせた。

「んッ……」

彼女は俊一の腕にしがみついたまま、全身をビクッとさせる。

熱気がこもったミニスカの中、指が薄い布地越しの柔らかい肉に触れて全身が沸騰《ふっとう》した。

(パ、パンティだ。この下に美優さんのアソコがあるんだ……)

猛烈に昂《たか》ぶった。

耳鳴りがする。心臓もバクバク音を立てている。

今、自分は夜行バスの中でこんなに可愛いギャル妻のスカートの中に手を入れているんだ……。

ドキドキしつつ、人差し指と中指をクロッチの上に置いて力を込める。

すると、ぐにゅりと指が沈み込み、

「あっ……」

と、美優が歯列をほどき、感じた声を漏らして口元を俊一の肩に押しつけてきた。

(やっぱり感じてるんだ。演技じゃなさそうだ)

いいぞ、いけるぞ。

さらにパンティの上から恥部をしつこくこすりあげると、

「あっ……あっ……」

美優はこらえきれないといった様子で、かすかな喘《あえ》ぎを漏らし、もっと強く左腕にしがみついてくる。

ニット越しのおっぱいが左の肘に当たり、豊かな弾力を感じる。

もうだめだ。自分をまったく抑えられなくなってしまった。

パンティの上端から手を入れ、直にいじろうとした。

ところがだ。

「アンッ、そこはだめ……」

と、いきなり拒《こば》まれてしまい……。

(さすがにダメか……)

以前から憧れていた可愛いギャル妻である。二十九歳の色っぽさもたまらなくて夢中になってスカートの中をいじっていたが、パンティに手を入れようとしたらさすがに拒まれた、というわけである。

ところがだ。

彼女を見ると、恥ずかしそうに顔を赤らめつつも、押さえつけていた手を緩《ゆる》めてきた。

(え？　イヤなんじゃないの？　い、いいの？)

いやなのか、触って欲しいのか。

わからないが、ＯＫらしいので再びパンティに手を差し込んだときだ。

彼女が拒んだわけをすぐに理解した。

(ええ？　これ、ぬ、濡れてるんだよな)

女性のアソコに触れるのは初めてだが、そんな自分でもわかるほど、彼女のアソコはぬるぬるとぬかるんでいたのである。

思わずしがみついている美優の顔を見てしまう。

彼女は大きな目を潤ませて耳まで真っ赤にしながら、濡らしてしまい恥ずかしいという風に、イヤイヤしている。
(可愛い。ホントに年上のアラサーかよ……)
まだパンティの上から、ちょっと触っただけ。なのにこんなに濡らしていると
いうのは、どうやら夫婦の倦怠期というのは本当だったらしい。
(濡れてるなら、いいんだろうな)
震える指で直に濡れた女の園をこすってみた。
(こ、これが、女性のアソコなんだ……)
ワレ目の内部はしっとりして、それでいて生々しい匂いを発している。
柔らかい肉に触れていると、まるで女の内部を直接愛撫しているみたいに感じ
る。
ますます興奮が募る。
さらに強く触ると、ぬめった愛液が指先にまとわりつき、
「くっ……!」
と、美優は唇を噛みしめて、こらえきれないとばかりに、ギュッと強く俊一の
左腕にしがみついてくる。

見ればコートを被《かぶ》せて隠している美優の腰が、微妙に揺れてきていた。
(か、感じてるぞ……)
驚きつつも、俊一はぬるぬるした柔らかい溝を指でさする。
すると、
「あっ……あっ……」
美優の喘ぎ声は次第に甲高《かんだか》いものになり、彼女はそれを恥じるようにいっそう
こちらの肩に顔を強く押しつけてくる。
(す、すげえ……)
もっと感じさせたい。
息を呑み、思いきってスリットの奥の小さな穴に指を押し込んだときだ。
「あンっ……」
いきなりでこらえきれなかったのか、美優が他の人に届くくらいのヨガリ声を
漏らしたので、俊一の心臓は止まりかけた。

3

（やばいっ！）

この喘ぎ声は他の乗客にも聞こえたか……。

なんとなく視線がこちらに向けられている気がする。美優を見ると彼女はペロッと舌を出し、

「ごめーん。だってぇ、俊一の指が気持ちいいんだもん」

と、甘えてくるのでキュンとした。

しかもだ。

耳元で「続けていいよ」と言われたので、ドキッとした。

夜行バスのエンジン音だけの静かな車内だ。

きっと美優の、エッチな声や音は響いているだろう。

それでも……美優がいいと言うならもちろん続けたい。こんなチャンスは二度とない。

俊一はコートの下で手を動かし、ギャル妻の地口に指を押し込んだ。すると熱い女の坩堝《るつぼ》に指がぬるっと入っていく。

(こ、これが膣か。すっげぇ小さい穴なのに濡れてると指くらいなら簡単に入っちゃうんだ)

感動しつつ、さらに奥まで指を届かせると、

「んんんっ……」

奥まで入れられた美優は唇を噛《か》みしめ、眉をハの字にして全身を小刻みに震わせた。

(わあ、すげえ……)

膣内は熱く、ぐちゃぐちゃにとろけていて優しく指を締めつけてくる。

奥がドクドクと鼓動しているのが指腹を通じて伝わってくる。もっと刺激が欲しいと疼《うず》いているように感じた。

俊一はわけもわからぬまま、本能的に指を出し入れした。

ぬちゃっ、ぬちゃっ、と卑猥《ひわい》な音が聞こえてくる。

「いやっ、この音……」

美優が左手にしがみつきながら顔を横に振る。

「だ、大丈夫です。僕らしか聞こえませんから」

いや、きっと前後の乗客には聞こえてるだろう。

だけどやめたくないから適当なことを言う。

さらに指を動かすと、

「くっ……くっ……」

と、美優は漏れ出す声をガマンしつつ、いよいよ腰をすり寄せてきていた。

美優の顔を見れば目がとろんとして、

「もっといじって」

と、語ってきている。

（よ、よし……）

俊一は指を目一杯伸ばし、美優のざらついた天井まで指先を届かせた。

そこをこすると彼女はビクッ、ビクッと激しく痙攣《けいれん》し、俊一の左腕に爪を食い込ませるほど強くしがみついてくる。

匂いもすごい。

ブルーチーズみたいだ。

(これが女のアソコの匂いんだ……エロいッ)

股間をビンビンにさせつつ、さらに奥のふくらみに指が触れたときだ。

「だ、だめっ!」

美優はいきなり腰をガクンガクンと大きくうねらせた。

膣内の肉がギュッと指を強く締めつけてくる。

(え? な、なんだ?)

思い出した。動画でAV女優がイッたとき、こんな風に腰を激しくくねらせていたはずだ。

って、ことは……。

(み、美優さん、もしかしてイッたの? 夜行バスの中で、しかも僕なんかの指で?)

見ると彼女は座席に身体を預けて脱力していた。

ジーンとした感動が襲ってきた。

童貞だぞ。童貞が女性をイカせるなんて……。

戸惑いつつ、パンティから指を抜くと、どろどろした蜂蜜のような愛液が指の根元までしたたっていた。

エロい匂いがしてドキドキした。

おかしくなりそうだ。

「ねえ……お隣クン」

彼女が汗ばんだ顔で見つめてきたときだ。

彼女の柔らかな唇が、俊一の口を塞いでいた。

えっ、と思った瞬間には彼女の唇は離れて、その代わりに左手が俊一の股間のふくらみを撫でさすっている。

「ンフッ……私ばっかり気持ちよくなったら悪いものね」

ウフフと笑いながら、美優はおもむろに俊一のズボンのファスナーを下げると、その隙間《すきま》に手を入れ、器用に硬くなった肉棒を取り出した。

(えええ？)

慌てて通路を挟《はさ》んだ向こうの乗客を見る。

若い男は寝ていたのでホッとした。

「あ、あの、ちょっ、ちょっと……」

両手で剥《む》き出しの勃起《ぼっき》を隠そうとすると、美優はその手を撥《は》ね除《の》けて直に勃起を握りしめてくる。

「ウフッ。おっきくて熱い……そうよねえ、あんな風に大胆に触ってくるんだもの。童貞じゃないわよね」

「へ？　い、いや、ホントに童貞……あっ……」

美優の手が亀頭をゆるゆるとシゴいてくる。

「んああっ……」

初めての女性の手コキによって甘い電流が下腹部に走り、腰が震えた。

夜行バスの中で男性器を露出している。

恥ずかしくてたまらないのだが、しぼむどころか刺激を受けてますます硬くなってしまう。

「ウフフ。オチン×ン、オツユが出てきたわよ」

美優はイタズラっぽい笑みを見せつつ、男根に細長い指をからめて再びゆったりシゴいてくる。

「くうう……」

いつものオナニーとはまったく違う刺激に全身が震えた。

そのときだった。

（……え？）

美優が前屈みになってこちらの股ぐらに顔を近づけてきたと思ったら、いきなりペニスを口に咥《くわ》えたのだ。

「おおお……ッ」

生温かい粘膜に敏感な性器が包まれ、俊一はぶるるっ、と全身を打ち振るわせる。

（な、な、な……えっ、俺のチ×ポが女の口に咥えられてる……こ、これってフェラチオ！）

頭の中が真っ白になった。

可愛いギャル妻が、夜行バスの中でいきなりペニスを咥えてきたのだから、もう完全にパニックだった。

こんな美女が、自分のイチモツを口に含んでいる。

その事実だけで、目眩《めまい》がするほど全身が震える。

「ウフッ、大きい……ビクビクしてるっ」

美優がペニスから口を離し、上目遣いに見あげてくる。

「い、いや、その、洗ってないし、汚いし」

申し訳ないと思い首を横に振るも、美優は茶髪をかきあげて再び大きく口を開けて先端にピンクの唇を被せてきた。

さらには咥えるだけでなく、ピンク色のぷっくりした唇を表皮に滑らせて、根元から切っ先まで刺激してくるのである。

「くっ！」

あまりに気持ちよくて、目を閉じそうになってしまう。

感激だった。

（こんなにすげえのか、フェラチオって……）

生温かな口の中で舌を使って敏感な性器が舐《な》め回されている。

腰がとろけそうだ。

バスの天井を見上げて、ハアハアと息を荒げることしかできない。

人妻は肉竿を口から出したと思ったら、今度は舌を使ってペニスの敏感な裏側を舐めてきた。

「くうっ」

ゾクッとして思わず腰を浮かすと、彼女はクスクス笑った。

「気持ちよかったのね」

「は、はひっ」

もう満足に喋ることなどできない。

美優は満足そうに笑うと、次は大量の唾を口に含み、じゅるるる、じゅるっ、と音を立てながら勃起をおしゃぶりしてきた。

「んふっ……ううんっ」

悩ましい鼻声を漏らしながら、顔を前後に打ち振って情熱的に唇でシゴいてくる。早くも射精したくなってきて前傾している彼女の肩を叩いた。

「んふっ？」

美優が咥えながら見上げてくる。

「で、出そうなんですっ……」

訴えて、首を横に振る。

しかし彼女はニヤりと笑って、さらに激しく顔を打ち振ってきた。

「ぬわわあ、も、もう、出ますってば」

まわりに聞こえぬように小さな声でも必死に言う。

しかし、彼女はやめる気配を見せないどころか、舌で敏感な尿道口まで攻めてきたのだ。

（く、くううう、もう……やばい……）

可愛らしくて童顔ギャルでも、彼女はやはり人妻だった。

フェラは上手だし、男のモノの扱いにも慣れている。そんな彼女に童貞が太刀《たち》打《う》ちできるわけはなかった。

「だ、だめだっ……」

射精しそうだ。

彼女を離そうとしたものの、彼女は腰をつかんできて離れようとしない。

（ああっ、ごめんなさい！）

どうにもできなくて、とうとう彼女の口の中に射精してしまった。

美優はつらそうに顔を歪めつつも勃起を吐き出そうとはせず、俊一の射精が終わるまで咥え続けていたのだった。

4

夜行バスでのイタズラから三日後のことである。

ゴミ出しをしようと朝、集積場に行ったら、ちょうど美優と出くわした。

ベージュのミニワンピで前屈みになって、こちらにヒップを突き出していたのである。

(ああ、すごいお尻っ)

腰は細いのに、そこから蜂のように大きく盛り上がる尻のムチムチ具合に、俊一は朝っぱらから欲情してしまった。

そんなときだ。

「あら、おはよう」

美優が普通に声をかけてきたので、俊一は面食らってしまった。

なにせ三日前、偶然出会った深夜バスの中で、パンティの中に手を入れてイタズラし、さらには人生初のフェラまでしてもらった相手なのである。

「お、おはようございます」

こちらは緊張でドキドキしていると、

「ねえ、ちょっとキミ、食生活ヤバくない？」

と、ゴミ袋に透けるレトルトパックを見られて食生活を注意された。

そして、

「夕飯食べに来ない？」

と誘われたのだった。


その日の夜。

俊一は美優の家に上がり、夕食をご馳走になろうとしていた。

（だ、旦那の留守に家に上げるとは……ま、まさか、深夜バスのときの続きをしてもいいよ、なんてこと……）

ドキドキしていると、美優はビーフシチューを持ってきてくれた。

食卓には凝《こ》ったサラダや種類豊富なチーズも並んでいる。意外と料理上手で驚いた。

「かんぱーいっ」

ワイングラスで乾杯すると、彼女は結構な勢いで二杯立て続けに飲み干してしまった。

「ピッチ速いんですね」

「そうよ、わるい？」

彼女の目が潤んでいる。二杯で赤くなっていた。

(アルコールに弱いんだな……しかし酔った美優さんって色っぽい)

栗色のさらさらヘアと黒目がちの瞳、ピンクの濡れた唇。二十九歳にしては童顔だと思うが、こうして酔った雰囲気は大人の女性だった。

アルコールが入ると美優はとろんとした色っぽい表情を見せ始める。

そして無防備に前屈みになるので、着ているニットワンピから、胸の谷間と黒いブラジャーが見えてしまった。

(う、うわっ)

思わず目をそらす。美優と目が合った。

「ウフフ。私……暑くなってきちゃった。着替えてくるから、食べ終わったらソファに座ってて」

彼女がダイニングから出ていった。

(エッチな目で見てたのまずかったかなあ)

と思っていたのだが、戻ってきた美優を思わず二度見してしまった。

着替えてきたのはタンクトップに超ミニのデニムショートパンツというあまりに刺激的な格好だったのだ。

「ウフフ。どうしたの、おどおどして……」

彼女がソファの隣に座る。甘いバニラのような濃厚な色香がプンと鼻先に漂ってきた。

見てはいけない。そう思うのに視線が吸い寄せられる。

ショーパンから覗く健康的なムッチリした太もも。

タンクトップ越しにもわかる大きな胸のふくらみ。

そしてその頂点に浮き出る突起……。

（ノ、ノーブラだっ！）
頭から湯気が出そうだ。
ヤ、ヤレるっ……！
ヤレるっ……！
童貞の頭の中が、初セックスのことで頭がいっぱいになってしまう。
（ここまであからさまに誘惑してくるんだから、エッチＯＫなんだ）
と思う一方で、
（人妻だぞ。浮気なんてまずい）
という理性も働いている。
俊一は元来臆病な性格なのである。
「あ、あの俺……」
逃げようとした。
ヤリたいけど、でも人妻はまずい。
しかしだ。
二十五歳でガンになって、そこからごまかして生きることをやめたのだ。

やりたいように、好きなように生きてみたいっ。

彼女を真っ直ぐ見て、

「あの、俺っ。奥さんのこと好きで。それに童貞って言われてますけど、それは本当でっ。で、でも浮気はよくないことだと思う……なんだけど、やっぱりヤリたくて」

思いきり早口で言ってしまった。

彼女はきょとんとしたあとに、あははと大口で笑った。

「いいわね、素直で。童貞クンは私で筆下ろししたいのね」

「いやその……もちろん奥さんがよかったらなんですが、でも、やっぱり浮気はよくないと思われたのなら……うっ」

いきなりギャル妻の美貌が近づいてきて、唇を奪われた。

(は？　え？)

キスされた。

甘いアルコールの口づけだ。

ぬるぬるした舌で唇を舐められる。

うっとりしていると、彼女はキスをほどき、

「じゃあさ、旦那も浮気してるんだったら、おあいこでいいよね」

「え？」

いきなりの告白に戸惑っていたときだ。

彼女はワイングラスを持ってきてワインを口に含むと、そのままた、口づけをしてきたのだ。

（ワ、ワインが、これって口移し……ッ！）

生温かい液体がギャル妻の口から、俊一の口中に流れ込んでくる。

（あ、甘いっ……）

なんてエッチなことをするんだと思いつつ、俊一はその甘い液体をこくこくと嚥下《えんげ》するのだった。

5

アパートの隣室のギャル妻、美優に「旦那がいないけど」と夕食に招かれたと

きから、もしかして……なんて希望は一ミリくらいあった。

だが、まさかホントに誘惑されるとは……。

美優に口移しでワインを飲まされ、俊一は軽くパニックになった。

「んふっ、美味しい？」

キスをほどいた美優が、イタズラっぽい笑みを見せてくる。

ぱっちりとした大きな目が二十九歳の人妻とは思えぬほど可愛らしい。

先日の深夜バスで初キスされたばかり。人生二度目のキスがワインの口移しキスなんて……。

「ウフフ。ぼうっとしちゃって。恋人同士ってこういうことするのよ、童貞クン」

クスクスと笑いながら、またキスしてくる。

勢いがあったので、そのままソファに押し倒され、

「ううんっ……んうっ」

と悩ましい鼻声を漏らしながら、美優が舌をからめてくる。

（ベロチューってこんなにエロいのか。ああ、唾も息も甘い……それに唇が柔らかいし、いい匂いがする。ディープキスって気持ちいいっ）

それに加えてだ。

タンクトップ越しのふくよかな胸の感触がたまらなくて、ますます股間がいきり勃《た》ってしまう。

キスをほどいた瞬間だ。

「あっ……！」

タンクトップの胸元から、白い谷間と赤々とした乳首が見えて、思わず声をあげてしまった。

(ち、ち、乳首が見えたっ！　ノーブラだ)

ハッとして美優の顔を見れば、イタズラっぽく妖しげな目を向けている。

「エッチィ……おっぱい見えたでしょ。というより、ずっと見てるよね。いいよ、見せてあげる」

いきなりだった。

ギャル妻は俊一の腰を跨《また》いだまま、ゆっくりと自分のタンクトップをめくりあげる。

「うわっ……」

巨大なふくらみが、ぶるんと揺れて露わになる。

デカい。

デカすぎる。

身体が細いから、おっぱいが余計に大きく見える。

赤々とした乳首がツンと上を向いているのも美しかった。

「ウフフ。男の人っておっきなおっぱい好きよねえ。いいよ、触って」

先日のバスの中でもそうだが、美優は酔うとエッチになるようだ。それに旦那に浮気されて寂しいという気持ちも大きいんだろう。

(旦那が浮気してるんだから、おあいこだ。もうここまできたら……)

自分を叱咤《しった》しつつ、人妻の巨大なふくらみに両手を伸ばしていく。

震える手で乳房をつかむ。乳肉が、ふにゅと沈み込んでいびつに形を変えていく。

(や、やわらけー)

おっぱいは想像以上に柔らかく、それでいて指を押し返してくる。もう夢のようだった。

「んふん……」

ギャル妻、美優が俊一の腰に馬乗りになったまま、下から乳房を揉まれてビクッと身体を震わせた。

(これがおっぱいの触り心地……)

柔らかいくせに指を弾くような弾力がある。

もう夢中になって、手のひらを大きく広げてもつかみきれない迫力のバストを、むにゅむにゅと揉みしだくと、

「あはっ、エッチな触り方ねえ、童貞クン。バスの中でも大胆だったけど、やっぱり初めてなんてウソじゃないの？」

美優が訝しんだ目で上から見つめてきた。

「ホントに童貞ですってば。でも俺……」

あまり言いたくなかったが、俊一は昨年、ガンになったことを告げた。

「完治したあとに思ったんです。人生は短いからガマンしないで欲望のままに生きようって」

「ふーん、でもその割に、朝とか私が話しかけたら逃げてたわよねえ」

「そ。それはガンになる前で……それに……」

挨拶するときに、怖そうな雰囲気があったと告げると、

「なるほどね。私って怖いのかあ。確かによく言われるかも。でもそんな私だって誰かに甘えたい、か弱い女なんだけどね」

ウフフと笑った次の瞬間、ギャル妻は上半身裸のまま前傾し、俊一をギュッと抱きしめながら、俊一のシャツ越しの胸板に顔をこすりつけて甘えてきた。

そして大きな目で、上目遣いに見つめてくる。

「あのとき……深夜バスで、私のこと『可愛い』って言ってくれてうれしかったわ。女として自信なくしてたから」

「そんなっ。美優さん、こんなに素敵なのに」

そうか。

あのとき「可愛い」と思いきって言ったこと、効果があったのか。

やはり、思いきりというのは大事なのだ。

そう思い、童貞のクセに思わず手を伸ばして栗色のさらさらヘアを撫でてしまう。

美優が怪訝《けげん》な顔をした。

（やばっ）

調子に乗ったと、慌てて手を引っ込めると、

「いいのよ。そのまま撫でていて」

と言うので、続けてそっと頭を撫でてやると、

「……気持ちいい」

と、さらにギュッと強く抱きしめられる。

（おっぱいが……）

上半身裸なので、美優の生乳房が腰のあたりに押しつけられている。

乳首が硬くなっているのが感覚でわかる。

それに加えて女のムンムンとした甘い匂いが鼻腔を満たしてきた。

俊一は激しく勃起した。

「……やんっ」

硬くなったのを感じたのだろう、美優がイタズラっぽい目を向けてきた。

「私としたいのね……いいわ、キミの童貞を奪ってあげる」

彼女は自分のデニムショートパンツとパンティを脱いで全裸になり、髪をかき

上げながら、こちらを見つめてきた。
(ぬわっ、すげえ……すげえ身体だ)
俊一の目はもう美優のヌードしか見えなくなっていた。

6

可愛いギャル妻が、いよいよ全裸になった。
ソファに仰向けになりながら、俊一は美優の裸体を舐めるように見つめてしまう。
(なっ！　すげえ……)
スレンダーなのに乳房が大きく、腰はくびれているのにお尻はデカい。
可愛らしくても、二十九歳の人妻だ。
成熟した柔らかそうな肉体がたまらない。
「ウフフッ。ねえ、いっくよ。童貞クンの初めて奪っちゃうね」
ギャル妻はウフフと笑うと、俊一のズボンとパンツを下ろして勃起を露出させ、切っ先をつかんだまま跨ってきた。

(騎乗位！　というか、ゴムなし？)

俊一が慌てた顔を見せると、美優は妖しげな笑みを見せてきて、

「いいの。私、もうガマンできなくなってるからあ……大丈夫」

大丈夫と言われても不安はある。

しかし、童貞の俊一がここでガマンなどできるわけがない。

美優が大胆なM字開脚を披露しながら勃起の位置を調節し、自分の入り口らしき部分に切っ先を押し当てると、一気に腰を落としてきた。

「うあっ……」

思わず声が出た。

狭くてぬるぬるした場所に、自分のペニスが嵌《は》まっていく。

(あったかい！　チ×ポが、とろけるっ)

煮詰めた果肉の中に入れたみたいだ。さらにギャル妻は、

「ああんっ……か、硬いっ……おっきっ……」

と言いつつ、茶色の髪を振り乱しながら、蹲踞《そんきょ》の姿勢で腰を落として俊一の勃

起を根元まで咥え込んできた。

（す、すげっ……！）

これがセックスなんだ。

感動した。

女の媚肉がうねうねしながら肉竿を包み込んでくる。

締めつけてくる気持ちよさがたまらない。

「ウフフッ。どう？　女の中に入った感想は？」

美優がうれしそうに訊《き》いてきた。汗ばんでいて顔が上気している。

「な、なんか……ぬるぬるして……気持ちいいですっ」

「よかった。痛くない？」

「ないです。あ、あの……美優さんは？　痛くないですか？」

訊くと、ギャルは恥ずかしそうに顔を歪ませた。

「おっきくて、ちょっと苦しいかな……」

「えっ、俺のって、大きいの？」

顔をほころばせると、

「あんッ。こらっ、入れたままうれしそうにビクビクさせないで。男の人って単純よね」

呆《あき》れたように言いつつも、美優が腰を前後に振りはじめる。膣が締まってきた。

(ぬおっ。たまんねえ)

本能的にこちらからも腰を突き上げると、

「やあんっ……深いところ当たってるっ！」

と、美優が上に乗ったまま色っぽい声を放つので、ますます男根がいきり勃ってしまうのだった。

「ああんっ……いい、いいよぉ……」

美優は両手を俊一の胸の上に置き、前傾しながら腰を動かしてきた。

(うわあっ、すごい)

騎乗位のギャル妻は、俊一の腰の突き上げに加え、自分からも前後に揺れるエロい腰遣いを見せてきた。

「おお、くうう……」

ペニスの根元から揺さぶられる。たまらなく気持ちいい。

（こ、こ、これがセックス……）

硬くなった男性器が、女の熱い中にずっぽりと嵌まり、肉と肉がひとつになってとろけている。

しかも動かされると肉ヒダと勃起の表皮がこすれて、たまらない刺激が全身に走るのだ。

それに加えてだ。

可愛いギャル妻の汗ばんだ甘い体臭や、太ももまで濡れている愛液の生々しい匂い、M字開脚腰振りのエロすぎる光景に、甘ったるい喘ぎ声、眉間に縦ジワを刻んだ色っぽく感じた表情……。

天国だった。

気持ちよすぎて、瞼《まぶた》がひくひくする。

「ウフッ。どう？　初体験は？　私の中、気持ちいい？」

騎乗位で腰を振りながら、ギャル妻が汗ばんだ顔で見つめてくる。

デコルテにも乳房にも汗粒が光り、白くてぷにぷにの柔らかい肌がぬるぬるとしている。

形のよい乳房が激しく上下しているのもいやらしすぎる。

「気持ちいいですっ。というか、もう出そうっ」

「あはッ。よかった。出すなら、キミの好きなようにしてみたいわよね」

そう言って、ギャルは騎乗位をやめると、

「私が下になるから、突いてみていいよ」

と言うので、俊一は言われるまま美優を仰向《あおむ》けにさせて両足を開かせた。

「もう少し下の方よ」

美優が手を伸ばしてきて勃起を膣穴に導いてくれる。

小さな穴に嵌まった感触があった。正常位でそのまま突き入れると、

「あっ！　あんっ……」

と、美優が叫んで大きくのけぞった。

(自分から挿入《そうにゅう》したっ)

補助はあったが、とにかくできた。

うれしかった。

たまらず本能的に腰を使うと、

「ウフフっ、はげしっ」

と、美優が抱きついてきてキスをして、またじっと見つめてくる。

(くう。か、可愛い……)

今度は思いきって俊一から口づけして、舌を入れてみた。

「んふん……んんうん……ううん……」

彼女も舌をからめてきて、ねちゃねちゃと音を立てる激しいディープキスになる。

口づけしながら、激しくピストンすると、

「あ、あああッ」

ギャル妻はキスをほどき、顔を真っ赤にして背をのけぞらせた。

その感じている表情がなんとも淫らだ。淫らすぎて興奮し、俊一はさらに猛烈に突いてしまうのだった。

7

「ああんっ、お、お隣クンッ！　は、激しっ……すごいよおっ……！」

ギャル妻が耳元で甘い声を何度も放つ。

(初めてなのに美優さん感じてる？　演技してくれてるのかな？)

だが演技でもよかった。

へんな顔をされたら自信をなくすところだった。

とにかくもっと感じさせてみたい。

俊一は、パン、パンっ、と音が鳴るくらい強く腰を使う。

すると、

「あん、気持ちいい……」

美優は感じた声を出して、また自ら腰を動かしてきた。

「ぬうう……」

蜜壺に締められる。

射精しそうだ。

でもガマンして腰を動かすと、

「ねえ、お隣クン。初めてなのにすごくいい……オチン×ン、感じちゃうっ。あんっ、ねえ……イキそう……」

美優は愛らしい顔を歪めて訴えてきた。

「えっ？　イ、イク？」

訊くと、ギャル妻は今までになく恥ずかしそうに目をそらし、小さくコクッと頷いた。

（お、俺がっ？　セックスで女性をイカせる？）

ウソだろ、と思いつつも、がむしゃらに突けば、

「あんっ……ああんっ…ねえ、一緒に、一緒にイこっ……あっ、あっ……」

と、いよいよ美優が本気っぽく切羽詰まった様子を見せてきた。

「で、でも、俺っ……」

直前に抜くなんてそんな芸当できそうもない。

だが、彼女の方はその不安をわかってくれたようで、

「中に出してもいいよ」

可愛いギャル妻に甘えるように言われると、もう理性が完全に切れた。

ならばとスパートをかけた。

そのときだ。

「だめっ！　ああん、イクッ、イッちゃううう！」

美優がしがみついてきて、全身をびくんっ、びくんっ、と痙攣させる。

イッたのか？　おそらくイッたようだ。

その直後に俊一も、美優の中にしぶかせていた。

（き、気持ちいいっ）

いつものオナニーの比ではない。全身が痺《しび》れて意識がとろけていく。

出し終えると、今度は美優から頭を撫でてくれた。

「よかった？」

「はい。セックスってすごいんですね。生きる望みが出てきました」

「大げさねえ。ウフフ。私も旦那に仕返しできたし……ありがと」

チュッとキスされたその瞬間……。

「えっ、ウソでしょ？」

彼女がキスをほどいて睨《にら》んできた。

出したばかりだというのに抜く間もなく再び勃起したからだ。

「すみません、まだ俺……」

と言いつつ、ぬるぬるの膣内を再び突くと、

「だめっ、私、もうイッてるの！　イッてるってばあッ」

美優がまた色っぽい顔を見せるので、俊一はますます昂ぶってしまう。

一体今夜は何発できるのか。ちょっと自分が怖くなってきた。

第二章　彼女の母は、ボクの恋人

1

カノジョである遙香《はるか》とは、ガンという大病を患《わずら》ったことをきっかけに、うまくいかなくなった。

最初の頃は看病に来てくれたのに次第に来なくなり、それが元で喧嘩《けんか》をして、このままキスもなしに別れるのかなあと思っていた。

だからこそ、先日引っ越した隣人のギャル妻とも、すんなり関係を持ったわけだが……。

そんな危機の中、急に遙香に「仲直りの温泉旅行」を提案されて一緒に旅館に来てみれば、また喧嘩をしてしまい彼女はひとりで帰ってしまった。

(今度こそ、終わりだろうなあ……)

俊一に生まれて初めてできたカノジョである。

落胆していると、彼女の母親の吉田美智子《よしだみちこ》が、遙香が帰ったというラインを見落として、旅館にやってきてしまった。

元々遅れて合流する予定だったのだ。

だが帰るにも電車もバスもなく、他に部屋も空いていないから、彼女の母とふたりきりで旅館の同じ部屋に泊まることになったわけである。

(なんか妙なことになってきたなあ……)

と思いつつ、不謹慎ながらもニヤニヤしてしまう。

というのも美智子はかなりの美熟女だからだ。

「元気出して、俊一さん」

夕飯は部屋食で、すでに浴衣《ゆかた》に着替えた美智子がテーブルの向こうに座り、お酌《しゃく》してくれた。

「すみません」

ドキドキしながら、俊一はグラスにつがれたビールを呷《あお》る。

(相変わらず可愛いんだよな、遙香のお母さん)

美智子は四十歳に見えないほど若々しかった。

ふんわりとした薄茶色のミドルレングスの艶髪に、目尻が少し垂れ気味の優しげな双眸《そうぼう》。

可愛くてキュートなアラフォーだが、笑うと口元のほくろが強調されて、ぐっと色っぽくセクシーな雰囲気になる。

スタイルもかなりいい。

ムッチリした身体つきがやけにそそるので、四十歳でも十分なストライクゾーンである。

(なんて……そんなことを考えるのは、さすがに遙香に悪いよなあ)

自省していると、

「さ、くよくよしてないで食べましょう。明日にはきっと、遙香も機嫌直すと思うわ」

美智子が励まそうと明るく接してくれるのがうれしかった。

彼女は少し酔ったのか、浴衣からのぞくデコルテが、ほんのりと桜色に染まっていた。

しかもだ。

美智子は浴衣なのに横座りしているから、浴衣の乱れた裾《すそ》から肉感的な白い太ももがきわどいところまで覗けている。

「ウフフ、どうしたの？」

優しげな声に、俊一はハッと顔を前に向ける。

美智子の上目遣いが息を呑むほど色っぽくて、ドキドキして顔が熱くなってしまったのだった。

（やば、太もも見てたのバレたかな）

カノジョの母親、美智子は美人だが、普段は脚など見せたことがない奥ゆかしい性格である。

なのに今、浴衣が乱れて、きわどいところまで太ももが見えたのだ。

それはもう見るに決まっているではないか。

「あ……いやあ、キレイだなあって……」

とにかく話をそらそうと、旅館の部屋のことを言ったつもりだった。

「キレイって。あら、それ、私のこと？」

「えっ？」

息が止まった。

「ウフ、冗談よ。俊一さん、もう少し飲まれる？」

美智子がまたビールをついでくれる。

（め、珍しいな……お母さんが、こんな冗談を言うなんて）

酔ったのか、それとも旅館に浴衣ということで、開放的な気分になっているのだろうか。

そんなことを考えていると、ふんわりと甘い匂いが俊一の鼻孔をくすぐってきた。

（お母さんって、いい匂いがするんだよな）

以前から遙香の母親、美智子に憧れを抱いていた。

なにせ、四十歳とは思えないくらい若々しくて魅力的で、もろにタイプであったのだ。

そんな彼女と旅館の部屋でふたりきりで宿泊するなんて……。

「お、お母さんも、飲みます？」

緊張をほぐそうと、ちょっと訊いただけで、

「あら、俊一さん。こんなおばさんを酔わせて、どうするのかしらね」

なんてからかってくるから、先ほどから脇汗をかきまくりだ。

(お母さん、きっとなぐさめてくれてるんだろうな。ひとり置いていかれた俺のこと気遣って、わざと明るくふるまって……)

目尻が少し垂れた優しげな目。

物腰が柔らかな、話しやすいふるまい。

落ち着いた雰囲気で、浴衣の似合う和風美人である。

四十歳なのに可愛いところがあり、それでいて色っぽいのは口元のほくろのせいもあるだろう。

いかん、カノジョの母親だぞ。

と、気を取り直してビールを飲んでいると、美智子が醤油《しょうゆ》を取ろうと前屈みになった。

(うっ！　太ももに続いて今度は、お、おっぱいの谷間がっ……！)

浴衣の襟元《えりもと》から、白い胸の谷間が完全に見えてしまった。

大きなおっぱいに、ベージュのブラジャーまで覗けている。

（すごいっ。大きい）

前から思っていたが、遙香の母親はかなりの巨乳である。

と、そのときだ。

美智子がハッとしたような顔をして、手で胸元をさっと隠した。

すごく気まずそうな表情で俊一を見つめてくる。

しまった。

だが美智子は何も言わない。

（あれ？　おっぱいを見ちゃったの、怒ってないのかな？）

それどころか、イタズラっぽい笑みを見せてきたような気がしたけれど。

気のせいだったかな？

だが俊一のいやらしい視線を、美智子は確実に感じたはずだ。

（俺がエッチな目でお母さんを見てるの、わかっちゃったよなあ）

なのに、何も言わないのは優しさなのか。

それとも娘のカレシがその母親をいやらしい目で見るなんて、ありえないと否定してるのか。

2

「俊一さんって、お酒、お強いのね」

美智子が何事もなかったように話してくる。

「そんなに飲んでないからです」

「そうなの？　おばさんはちょっと酔ったみたい。ごめんなさいね。でも酔ったついでに訊くけど、遙香と、どうしてうまくいってないのかしら？」

「え？」

酔いが醒めた。

「そ、それは……」

あまり愚痴っぽくなりたくなかったが、しかし本当のことを話すのが、今年からの自分のポリシーだ。

「遙香のことは嫌いではないんです。僕がガンになったことでふたりの間が、よそよそしくなって……」

「そうなの？　うーん、そんなことないと思うけど。もう一度話してみたらどうかしら」

「は、はい」

返事したものの、もう一回話しても、どうにもならないと思っている。

先ほど喧嘩した余韻《よいん》がまだ残っているからだろうか。

「でもよかったわ」

美智子が柔和《にゅうわ》な笑みをこちらに向けてくる。

「俊一さんはおとなしいから、もしかしたら女性の身体に興味がないのかと心配していたの。それが原因かなって」

びっくりした。

まさか美智子がそんな風に思っていたなんて……。

「えっ、は？　そ、そんなことありません」

「そうよね。だって、こんなおばさんにも興味示してくれるみたいだし」

「えっ……」

言われて、俊一は固まった。

美智子は恥ずかしそうに顔を伏せながら続ける。

「さっきも……私のことを見てたわよね。なんていうか、その……ちょっとエッチな目で……」

(やっぱり見られてたんだ！)

頭をガーンと殴られた気がして、がっくりした。

「あら。そんなに泣きそうな顔をしないで」

美智子は意外にも優しい言葉をかけてくれたので、俊一は顔を上げた。

彼女はクスクスと笑いながら、続ける。

「若い男の子の性的な衝動はわかるつもりよ。だから怒らないわ。むしろ、私で興奮してくれるのもうれしいくらい」

(は？)

見つめられて、ドギマギした。

思わぬ展開に、俊一はもう普通ではいられなくなってきていた。

「俊一さん、女性にちゃんと興味あるのね、よかった。でも遙香とセックスはまだなのよね」

美智子がきわどいことを訊《たず》ねてきた。

「それは……えっ……？」

戸惑っていると、美智子は隣にやってきた。

そして、そっと身を寄せてくる。

(うわ、いい匂いっ)

しかも柔らかい。

性的な目で見てはいけないと思っていた憧れの熟女に身を寄せられて、恥ずかしながら勃起した。

慌てて手で隠そうとした。

すると、先に美智子が俊一の浴衣をまさぐって下着越しのふくらみを撫でてきた。

「お、お母さん……！」

信じられない。

あの淑《しと》やかなママが、自ら男の性器に触れてくるなんて。

しかもだ。

股間を撫でながら甘えてくるような上目遣いをされて、ますます屹立《きつりつ》が硬くなってしまう。

その硬くなった性器を、下着越しに温かな手でキュッとつかまれた。

「あうう！」

「ウフッ。俊一さん、女性とはまだって言ってたわよね。童貞だって」

優しい声が耳をくすぐってくる。

「は、はひ」

と返事したものの、

(いや、待てよ。もう童貞じゃないや)

でも、あのとき……美優がほとんど全部リードしてくれたので、自分からは積極的にシタことがない。

つまり準童貞ということだから、ウソじゃないということにしよう。

勝手なことを思いつつ、ハアハアと息を荒げていると、

「あんっ、オチン×ン、すごく苦しそうね」

そう言うと、美智子が下着の上から勃起をつかんで優しくシゴいてきた。

「うぐっ」

あまりの刺激に身体が強張《こわば》る。パンツの頂点がガマン汁で濡れているのが恥ずかしい。

「フフッ、可愛いわ。だけどここは荒々しくて、すごく硬いのね」

チュッと首筋にキスされた。

淫らな手コキが続いていく。

(夢じゃないよな。しかも……ギャル妻の美優さんより上手い気がする)

頭がとろけそうだった。

「あの、お母さんっ……ど、どうして……」

訊くと、美智子はとろんとした目を向けてきて、

「だって、ふたりにはうまくいって欲しいから。ねえ、俊一さん。私をセックスの練習台に使えないかしら」

「は？」

思わぬ言葉に、俊一は動揺しまくった。

「そんなっ。お、お母さんを、つ、使うなんてっ」

「だって……俊一さんに遙香をリードしてほしいんだもの。それなら女性のこと、いっぱい知ってほしい。いいわ。ねえ、一緒にお風呂に入らない？　ちょうどここは、お風呂がついてる部屋だし……」

（お、お母さんと、こ、こ、混浴？）

くらくらした。

いけないと思いつつも、俊一はもう美智子のことで頭がいっぱいになってしまうのだった。

3

旅館の部屋の大きなテラスには、四、五人が入れそうなゆったりした露天風呂が付いていた。

先に入っていてと美智子に言われ、俊一はドキドキしながら湯船に浸《つ》かって待っていると、

「入るわね」

テラスのドアを開けて、美智子が恥ずかしそうに入ってきた。

（おおっ！）

思わず見とれた。

大きなタオルでおっぱいや陰部を隠しているものの、腰のくびれ、まろやかなヒップ、むっちりした太ももなどが見えた。

さらにだ。

桶で風呂の湯をすくった拍子にタオルが外れ、肩にも背中にも柔らかそうな脂肪が乗った四十歳のムッチリしたボディがばっちり見えたから息がつまった。

（ムチムチだ……すげえ。アラフォーの身体には全然見えないや）

髪を濡れないようにアップにし、うなじを見せている美智子の、ほんのり赤らんだ美貌がいつもより艶《なま》めかしい。

「ウフフ。だめっ、そんなに見ないで」

美智子がイタズラっぽく言いながら、湯船をまたいできた。

湯船に入った彼女がぴたりと身を寄せて肩に頭を預けてくる。

（お母さんの身体、柔らかくてすべすべだ）

それに湯船に浮かぶ重たげなふくらみに目を奪われる。

大きな乳輪がやけにエロい。

「ウフッ。俊一さん、さっきから目が怖いわよ」

「えっ！　い、いや、その、だって……お母さんがキレイだから」

ストレートに言うと、美智子が首筋にキスをしてきて、甘えるように上目遣いをした。

「ウフ。ありがとう。お世辞でもうれしいわ」

「ホ、ホントですよ。マジです」

お世辞ではない。

正直な感想だった。

美智子が目を細めて優しく見つめてくる。

「もうね、そういうこと言ってもらえる歳じゃないのは、わかってるんだけどね。でもうれしい」

うれしいと言いつつ、美智子が小さくため息をついた。

なんだか寂しそうな表情だった。

ふいに遙香の父親のことを思った。

この旅行には遙香のお父さんとお母さんのふたりで来る予定だったのに、なぜか美智子ひとりになったのだ。

もしかすると夫婦の間で何かあったのかもしれない。

(元気出してほしいな)

美智子を見つめて、ちょっと大胆に言った。

「お母さんは、おばさんなんかじゃありません。すごくセクシーで魅力的なんですから」

美智子が「そんなこと言うの？」という感じの驚いた顔をしてから、上目遣いに色っぽく見つめてきた。

「いいわ。ねえ、今日だけ……俊一さんの恋人にしてもらえるかしら」

見つめ合い、そしてどちらからともなく口づけをする。

露天風呂に浸かりながら、美智子とキスをして舌をからめていく。

(お母さんとこんなエッチなベロチューを……)

禁断のキスだった。

カノジョの母とイチャついている。
いけないことだ。
でも……憧れていた可愛い熟女なのだ。
ぱっちり目で。口元のほくろが色っぽくて。キュートな四十歳。
今日だけだ。
遙香ごめんと心の中で詫《わ》びつつ、甘い口づけに没頭する。
(お母さんの息と唾《つば》が甘い。すげえ興奮する)
昴ぶってしまい、ついついおっぱいを力強く揉んでしまった。
美智子はキスをほどき、大きな目を細めてきた。
「ウフフ。もうちょっと優しく揉んでみて」
言われて指の力を抜き、じっくりと揉みしだく。
すると、
「うふっ……いいわ……その調子。ああんっ」
美智子がわずかに身をよじると、湯船が少し波打った。
目を細め、つらそうにしている顔がいつもの優しいお母さんの顔と違ってすごくエッチだ。

　夢中になって揉みしだく。

　湯船に浸かっていたから温かく、柔らかくてエロいおっぱいだった。

「あの……な、舐めたりしても、いいですか？」

　思いきって言うと、美智子はニコッと笑って、

「おっぱい吸いたいのね、いいわよ」

　と、言って露呈風呂のへりに腰掛けた。

　目の前に湯から上がったムチムチボディがある。

　白い肌はほんのり桜色に染まっている。

　俊一も湯から上がり、薄茶色の乳首を軽く口に含むと、

「あっ……」

　美智子が肩を震わせ悩ましい声を放つ。

　感じてくれた。

　うれしくなり、今度は舌を使ってねろねろと乳首を舐め転がした。

　優しくと言われたことを忠実に守って愛撫していると、舌の感覚で美智子の乳

首が硬くシコっていくのがわかる。

「んッ……んッ……ああん、上手よ。すごく気持ちいい……」

美智子は口元に手を当てつつ、眉間にシワを寄せて甘い声を漏らした。

もっと感じさせたいと、俊一は乳首を舐めつつ、もう片方の乳首を優しくつまみ上げてみる。

すると、美智子はビクッ、と腰を震わせて、

「ああんっ……」

と、甲高《かんだか》い声を上げて肩を震わせる。

たまらない色っぽい声だ。

もっと聞きたいと何度もつまんだり吸ったりしていると、そのうちに美智子の様子が変わってきて、

「ん、あっ……あっ……ああ……だめっ……」

声が幼く高いものになってきて、表情が今にも泣き出しそうになってきたのである。

(すごい。感じた顔がエロいっ……お母さんっ……)

しかもだ。

昂ぶってきたのだろう。

まるで触って欲しいというように、いよいよ太ももを開いてくるのだった。

(なっ！　大胆だっ……い、いいの？)

俊一は腰を落とし、半身を湯に浸かったまま、美智子のムッチリした太ももをつかんで大きく広げようとした。

すると、

「あんっ、だめっ……」

美熟女は顔を赤らめて、イヤイヤした。

(触って欲しいんじゃなかったのかな？)

いや、でも。

ここで引くのはきっとよくない。

恥ずかしいからこそ、イヤと言い、そして感じるのだ。

もっと感じさせてみたかった。

「見たいんです。ほんのちょっとだけでも」

哀願すると、美智子は困惑した表情を見せる。

「俊一さん、女の人のアソコを直接見たことないのよね」

頷いた。

美優のアソコはちらりと見えた程度だ。

あれは見たうちに入らないと思う。触ったり入れたりはしたけれど。

「な、ないですっ」

「だったら……私みたいなおばさんのが初めてで申し訳ないわね。若い子みたいにキレイじゃないの」

「でも全部見たいんです、お母さんのすべてを。今日だけ僕の恋人になってくれるって言ったし」

強気で押すと、美智子はムッチリした肢体をさらしながら、わずかにため息をついた。

「そこまで俊一さんが言うなら……でも、がっかりしないでね」

へりに座ったまま美智子は恥ずかしそうに顔をそむけ、俊一の前でゆっくり脚を開いていく。

俊一は湯船に浸かったまま、食い入るように見つめた。

草むらの奥に女の唇が見えてくる。

（これが、おま×こ……）

美智子が脚を開くにつれ、亀裂の中身があらわになってきた。

くしゃくしゃになった小陰唇は大きめで、内部は幾重にもピンクの媚肉がひしめいている。

（確かにちょっと使い込んでる感じがするけど、でも、こんなにキレイなお母さんが、エロいおま×こをしてるなんて、逆に興奮する）

ハアハアと熱っぽく見つめてしまうと、美智子がまたイヤイヤした。

「ああん……ねえ、そんなにキレイなものじゃないでしょう？」

目の下を赤く染め、今にも泣き出さんばかりの表情で訴えてくる。

可愛らしかった。

「そんなことないです。すごくエロい」

顔を近づけると生々しい匂いが漂った。

媚肉の奥がぬらついていて、透明な雫《しずく》が光っている。

「これ……お湯じゃない……ですよね」

俊一が意地悪く訊くと、美智子は少し逡巡してから目を伏せて、わずかにこくんと頷くのだった。

4

「ヌルヌルしてる……すごい、こんなに濡れて」

たまらなくなってきて、俊一は美智子のワレ目を指でまさぐった。

「んっ……」

露天風呂のへりに座って脚を広げたまま、美智子は裸体をビクッと大きく震わせる。

(くにゃくにゃして、貝の中身みたいだ)

ギャル妻のアソコに指を入れたり、それどころかセックスだってしたのに、ちゃんと女性器を生で見たのは初めてだ。

「小さな穴がある……ここに入れるんですね」

彼女は顔を真っ赤にして小さく頷いた。

(可愛いよな、遙香のお母さん。いじめたくなる)

俊一のひとまわり以上年上で、当然経験も豊富だろうが、こうしていじめると、少女のように恥ずかしがるのがとてもキュートだ。

猛烈に興奮し、そっと指を膣穴に押し込むと、ぬるっと入っていく。

「あ……ああん……いきなり指を入れるなんて」

美智子が非難してくるも、どろどろの膣内で指を出し入れすると、

「はああんっ」

と、気持ち良さそうに顎《あご》をせり上げる。

さらにかき混ぜれば、ぬちゃ、ぬちゃ、と卑猥な音が湧き立ち、奥から蜜がとろとろとあふれてきて、美智子は大きく開いた太ももを震わせる。

「あっ、あンっ……俊一さん、上手よ、ホントに初めてなの?」

「え?　それは、も、もちろん……」

本当は初めての手マンでイカせたこともあるのだから、ちょっとだけ自信はあった。

あの深夜バスのことを思い出すように集中して、美智子のもっと奥まで中指を入れる。

するとふくらんだ柔らかい部分に指先が当たり、

「はああん！　ああん、そこはだめっ……あんっ……だめぇぇ……」

と、淑やかな美智子がとたんに淫らな声を漏らしたものだから俊一は驚いてしまう。

（ああ、優しいお母さんも、こんな風になるんだ）

もっと乱れさせたいと湯煙の中、夢中で中指を膣奥に入れて、ぐちゅぐちゅと膣内を攪拌《かくはん》する。

「ああんっ……だめえ、俊一さん、そこっ、感じるっ……！」

いよいよ美智子の腰が指の動きに合わせてじりじりっと動き始めた。生々しい匂いも強くなり、俊一はますます興奮しつつもソフトに捏《こ》ねた。

すると、

「ああっ！　だめっ……もうだめっ……」

露呈風呂のへりに座った美智子が開脚したまま、大きくのけぞった。

目を閉じて、ビクッ、ビクッと全身を震わせたので、俊一は驚いて目をパチパチさせる。

(お母さんが、俺の指でイッたんだ……！)

叫び出したいくらいうれしかった。

と同時に、もうヤリたくて仕方なくなってきた。

「お、お母さん……」

愛液まみれの指を膣から抜くと、美智子は露天風呂のへりに座ったままハアハアと息を荒げ、また湯船に入ってきた。

「ごめんなさい……私ったら……教えてあげるなんて言って、あんな風になるなんて」

「今、イッたんですね？」

訊くと美智子は耳まで赤くして小さく頷いた。

(娘のカレシに、指でイカされたんだもんな。恥ずかしいよな)

俊一はマジマジと熟女の顔を見つめてしまう。

美智子が拗ねたような顔をする。

「いじわるだわ……俊一さんったら、達したときの女の顔を覗き込んでくるなんて」

「だって可愛らしかったから。お母さんのイッたときの表情が、いてっ」

肩をパチンと叩かれた。

「ホントにいじわるだわ。でも、教えてあげるなんて言ったのに、私ばっかり気持ちよくなって。よくないわよね」

そう言って、少し逡巡してから、

「お布団に行きましょうか……？」

と誘ってきたので、ドキッとした。

（い、いいの？）

緊張した。

おそらくだが、美智子は最後までするつもりはなかったのだと思う。

だが、美智子の今の顔には、はっきりと欲情が浮かんでいた。

きっとアレが欲しくなったのだ。

美智子が先に上がり、少しして俊一も出て脱衣所で身体を拭《ふ》き、バスタオルを腰に巻いて部屋に入ると、間接照明のついた部屋の中、美智子が布団の中に入っていた。

「いいわ、来て……」

美智子がそっと布団をめくる。

全裸だった。

Fカップの巨大なふくらみから、くびれた腰つき、そしてお尻へと続くなめらかなボディラインに、俊一の理性は軽く吹き飛んだ。

ドキドキしながら布団に入り、美智子の乳房を揉みしだき、チュッチュッと吸いつつ、女の部分に指を這《は》わす。

もうすっかりヌレヌレだ。

俊一は布団を剥《は》ぎ、美智子をM字に開脚させて、勃起の根元を美智子の膣穴に埋めていく。

「あッ　待って。ゆっくりね……ンンッ」

ゆっくりなんて無理だった。

勢いよく亀頭部をとば口に押し込むと、濡れた入り口を押し広げる感覚があり、ぬるりと嵌まり込んでいく。

（キツい。でも最高に気持ちいい……）

奥まで貫いていくと、

「あ、あンッ」

美智子がクンッと大きく顔を跳ねあげて、身体をよじる。

感じてくれている。

ますます調子に乗ってピストンすると、

「じょ、上手よ……ああんっ、だめ……だめっ」

と、美智子は早くも切羽つまった様子を見せてくる。

さらに突き上げたときだった。

枕元にあった美智子のスマホが鳴った。

表示窓を見れば遙香からだった。

「ん？　どうしたの、俊一さん……あっ……」

美智子が枕元で鳴っているスマホを手に取ると、顔を強張らせた。

無理もない。

旅館の部屋で娘のカレシとセックスの最中に、その娘から電話がかかってきたのだ。

一度切れたのだが、すぐにまた電話が鳴る。

美智子が焦った顔をした。

「遙香からだわ。出ないと不審がりそう」

美智子が裸体をよじって結合を外そうとしたので、俊一はグッと腰で押さえ込んだ。

「えっ？　あんっ……俊一さん、だめよ。外して」

「このまま電話してください。僕は入れたまま動きませんから」

美智子が目を剝いた。

「ええっ！　そ、そんなことできないわ。挿入したままなんて」

泣きそうな顔をされた。

当然だろう。

娘のカレシとセックスしたまま、その娘と電話しろと言われているのだ。

「だめっ……そんなのだめよ……」

美智子がイヤイヤする。

だが……。

ちょっと遙香に復讐したい気持ちがあった。

いや、それよりもだ。

美智子をいじめたかった。

口元のほくろが色っぽい、落ち着いた雰囲気の四十歳だが、泣きそうな顔は男心を狂わせるほどゾクゾクするのだ。

「電話に出てください」と何度も懇願すると、美智子は渋々といった様子でスマホの通話ボタンを押した。

「もしもし……遙香？」

電話しながら、美智子が恥ずかしそうにこっちを見てくるので興奮し、挿入したままペニスをさらに硬くしてしまうと、

「ん……ッ……」

美智子が妙な声を出し、通話口を手で塞いで、じっと睨んできた。

「もうッ……エッチ」

「す、すみません……」

小声で詫《わ》びる。

ひどい男だと思うのだが背徳の興奮度が半端ない。

「ああ、遥香。なんでもないわ。俊一さんね。うん、大丈夫だから……」

電話しながら美智子が恥ずかしそうにしていて、もう見ているだけでおかしくなりそうだ。

たまらなくなって美智子の腰をつかんで、ほんの少しだけ下腹部を動かしてしまう。

美智子がキッと睨んで、通話口を再び手で塞いで訴えてくる。

「なっ、何をしてるの？　動かさないでって……」

「そう思ってるんですが、ガマンできなくて」

会話中にも、ぐいぐいと腰を入れると、

「あんっ……だめっ……俊一さん、だめっ」

焦った顔をしながらも、美智子の膣がペニスを締めつけてきた。

「お母さん……そんな締めつけたら」

「し、してないわ。お願いっ……あんっ……そんな奥までなんて」

だめと言いつつも、美智子の瞳が潤んできた。

そんな妖しい顔を見せられたらもうだめだ。

電話している美智子を押さえつけるようにして、無理矢理にストロークをしてしまう。

「あっ……やあんっ」

美智子がイヤイヤする。

『どうしたの、ママ』

と、スマホから遥香の声が漏れ聞こえている。

美智子は通話口を押さえていた手を外し、

「んんっ……なんでもないの……んッ……あ、明日は戻ってきて俊一さんと仲直りして……ンッ……」

美智子が切なそうにしながらも、なんとか会話している。

(だめだ、すげえ興奮する)

娘のカレシに貫かれたまま、その娘と電話している。

母親としてはいたたまれないし、罪悪感も相当あるだろう。

だから……美智子は最初、睨んできていた。

でも今は……娘のカレシに組敷かれて、つらそうな泣き顔を見せつつも、とろけた目をしている。

（お母さんっ……感じてるっ）

間違いない。

こんなつらい状況なのに、美智子は罪の意識とともに快楽も感じ始めているのだ。

（くうう、やっぱり熟女だ。エロいっ）

ガマンできないのだろう。

娘に心の中で詫びつつも、若い男の逞《たくま》しいモノに貫かれて、美智子もきっと興奮している。

たまらなくなり、ますます突いた。

「うっ……そ、そうね……明日じゃなくてもていいから……うっ」

美智子は時折声を詰まらせ、ちらちらこちらを見て、ますます顔を赤くしながらも、もう睨んだり抵抗したりしなくなっていた。

「うん……じゃあ……おやすみ」

美智子がスマホのボタンを押す。

なんとか会話を終えた美智子が、怖い顔を向けてきた。

「ひどいわ」

と、言いつつも美智子から腰を動かしてきたので、俊一は驚いた。

「うっ……！　お、お母さんっ」

正常位のまま、美智子の腰が、まるでペニスを咥えこむように動いてきていた。

「こ、腰が……」

俊一が訴える。

美智子は濡れた目で妖しく見つめてくる。

「あん……だって……あんなことしてくるから……私……つらかったのよ……でも、私……ひどい母親ね。興奮しちゃったわ」

美智子の腰の動きが強くなり、勃起の根元から揺さぶられる。

早くも尿道に熱いものが込み上がってくるのを感じる。

「そんなにしたら……だめですっ、僕っ、出ちゃいます」

「いいわよ、出しても」

優しく言われて、俊一はドキッとした。

（お、お母さんの中に出してもいいなんて……）

そんな過激な発言をされたら、当然ながら興奮してしまうではないか。

「ああ、い、いいんですね……出しますよっ」

俊一は理性を失い、激しく突き入れた。

「あんッ……やっぱりすごいわ……若い子って、ああん」

美智子が大きくのけぞった。

Ｆカップのバストが揺れ弾み、汗ばんだ女の肌の匂いや愛液の匂いが強くなる。

（ああ、若い美優さんより締めつけが強い）

可愛らしくても、やはり美智子は熟女だった。

経験豊富で慣れている感じである。

さらに突くと、

「あん、ああ……だ、だめっ、私、もう教えることなんてできない」

美智子がハアハアと息を荒げている。

打ち込むたびに眉間に悩ましい縦ジワを刻み、今にも泣きださんばかりの悩ましい表情だ。

せっかく温泉に入ったのにもう汗だくで、しかも人妻の色香がムンムンと漂っている。

とまらなかった。

美智子の腰を両手でつかみ、さらに奥までをがむしゃらに突いた。

「お、お母さん、僕、もう……」

訴える。

すると美智子は察したようで、

「ああん……い、いいわ……ちょうだい……お母さんの中に……」

とろんとした目で見つめられる。もう何をしてもダメだった。

「くうっ……出る、出ますっ」

ものすごい勢いで精液が噴き出し、美智子の胎内に射精する。

放出の気持ちよさに、全身がガクガクと震えた。

「あンッ……すごい。熱いのがたくさん……ああんっ、すごいわっ」

美智子はビクンビクンと震えながらも、下から両手を差し出してきて、俊一の裸体をギュッと抱きしめてきた。

「ンフ。初めてなのに、よくできました。これで遥香ともいけるわね」

美智子が唇を重ねて舌を入れてきた。

俊一も舌を出して、ねちねちともつれ合わせてディープキスに興じた。

カノジョの母との許されない関係。

だめなのは、もちろんわかっている。

だけど……熟女の魅力には抗えない。

いけないことはわかっているのだが、やはり人妻というのは、なんて魅惑的なんだろうと感動してしまうのだった。

第三章　友人のセフレと夜這いプレイ

1

遙香の母、美智子に手ほどきセックスされてから、俊一は悶々《もんもん》とした日々を過ごしていた。

「これからは遙香とうまくやって」

と、美智子に言われても、一度ひびの入った恋愛関係はそう簡単には修復できず、遙香とは依然として冷戦状態だった。

そんな悶々とした性欲を解消しようと、俊一はいつものエッチなライブチャットを眺めていた。

アダルトサイトを見ていたときに、素人っぽい子とも画面を通じてやりとりができるライブチャットというものがあると知って、試しに入ってみてからハマッたのだった。

大勢の女の子が登録している中で、俊一はひとりの女性がずっと気になっていた。

画面の向こうの彼女は、マスクで顔半分が隠れているものの、かなりの美形だとわかる。

目だけでも雰囲気だけで、俊一の好みだと感じ取ったのだ。

ところがだ。

この子がエッチなチャット配信サイトにいるくせに全然脱がない。

他の子がきわどい格好して、投げ銭というチップをもらおうと、過激なアダルトなサービスをしてくるのに、この子は胸の谷間や太ももを見せるくらいなのだ。

だから不人気なのかと思いきや、俊一だけでなく結構な数のファンがいることからも、このマスク女性がいかに美人なのかわかるだろう。

（とはいえ、もう少し露出してくれないかなあ）

俊一はパソコンの前で、マスク美女が別の誰かとチャットしているのをぼうっと見ていた。

そのときだった。

やりとりしている誰かが、

「オナニーのまねごとでいいから見せて」

と、チャットに書き込み、それを見た彼女が、

「しょうがないなあ」

と、男性器をかたどったバイブを持ってきたので俊一は驚いた。

（うおっ！　マジかっ。今日はスペシャルだ）

この女の子がここまでするのを見たことがない。

どういうつもりなのかわからないが、これはもう見逃せない。

俊一は慌ててズボンとパンツを下ろす。

画面の向こうの彼女は恥ずかしそうにしながらもマスクをめくり、疑似ペニスを舌で舐めたり咥えたりし始めた。

（す、すげえ……こんなこと今までしたことなかったのに……なんで……）

不思議に思いつつも、マスク美女のフェラチオに興奮し、あっという間にティッシュに欲望を吐き出してしまった。

出し終えてから彼女の続きを見ていると、ふと思い当たることが出てきた。

（しかし……この女の子、誰かに似てるなあ……）

誰だろう。

というより、こんな美人が近くにいただろうか。

だが、このキレイな顔をどこかでみた気がするのである。

（まあ気のせいだろうな）

そんなことを思いつつ、またムラムラしてきて二回目に行こうかと、新しいティッシュをボックスから取り出した。

彼女のフェラは続いている。

男性器のバイブは彼女の持ち物なんだろうか。

そんなことを思いつつ、続けて二度目のスプラッシュをしてしまう。

二十五で童貞を捨てた男の性欲は、果てしないようだ。

次の日のこと。

深夜にも関わらず玄関チャイムが鳴った。

インターホンの画面で見てみると、俊一の姉の典子《のりこ》と、すらりとした美人が立っていた。

「姉ちゃん、いきなりなんだよ」

インターホン越しに文句を言うと、酔っているのか目のまわりを赤くした姉貴が、

「飲んでたら遅くなったんだもの。泊めてよ、いいでしょ。遙香ちゃんと別れたのは知ってるし」

「別れてないっつーの。いいけど、その友達も？」

訝しんで訊くと、姉貴が美女と顔を見合わせて大笑いした。

「なーに言ってるのよ。これ、由紀《ゆき》よ、由紀」

「え？」

よく見れば、確かに幼なじみのお姉さん、黒川《くろかわ》由紀だった。

(久しぶりに会ったけど美人になっ……あっ！)

俊一が驚いたのは、由紀の顔立ちが、あのチャットレディによく似ていたからだった。

2

「おっきくなったねえ」

由紀が缶ビールを飲みながら、ソファに座って豪快に笑っている。

姉貴とふたりでいきなりやってきて、すぐに二人がけのソファを占領されてしまった。

家主であるくせに俊一は立場が弱い。

仕方なく、床に座って缶ビールを呷る。

「そりゃあ、なるよ……だって最後に会ったのって十年前くらい……会うのはそれ以来だよ」

俊一の三つ上の姉貴と同級生だから、由紀は二十八歳。

そして先ほど聞いた話では、結婚して人妻となったとのことだ。

「あんときの俊、泣いてばっかりだったわね」

「由紀姉、いつの話をしてんだよ」

俊一が拗ねて言うと、由紀と姉が笑った。

由紀とは子どもの頃、毎日のように遊んだ仲だった。

世話をいろいろ焼いてくれたから、そのときは本当の姉ぐらい慕っていたのである。

（しかし、キレイになったなあ）

ちらちらと由紀の顔を覗き見る。

切れ長の目が麗《うるわ》しいクールビューティって感じで、栗色のセミロングの髪が艶々している。

（なんだか緊張しちゃうな、別人みたいだもの）

由紀は九州の大学に行ったから、それから疎遠になっていた。

でも久しぶりでも、こうして以前と同じように接してくれるのは、かなりうれしい。

昔のように無防備にミニスカートなのに脚を投げ出してくる。

それはそれでいいのだが、ミニスカなのでデルタゾーンがばっちり見えた。

（うわっ、パンチラどころか、パンモロッ……）

いけないと思うのに見てしまった。

そのときだ。

思いきり由紀と目が合うと、彼女はさっと手でパンティを隠してから、ニヤッと笑った。

「俊のスケベ」

はっきり言われてムッとした。

「だ、誰が……勝手に目に入ったんだよ」

言い訳するも、姉にもからかわれて恥ずかしくなってビールを呷る。

（しかし、やっぱ似てるよなあ、あのチャットレディに）

そう思いながら、次の缶ビールを持ってきて、またごくごくと喉に流し込んだ。

久しぶりに由紀に会ってうれしかった。

それに加えて、由紀がとにかくキレイになっていたので、照れ隠しというのもある。

普段よりも酒量が多くなって、しばらくすると頭が痛くなってきた。

……チャット画面のマスク美女が俊一に微笑んで、ゆっくりとマスクを取る。

その顔が由紀と重なる。

俊一はハッとして目を開けた。

(あれ？　俺……寝ちゃったんだ……ん？)

暗がりの中、ソファに由紀が寝ているのが見えた。

姉はいない。

おそらく隣の寝室のベッドを、勝手に使っているのだろう。

「ねえ、由紀姉、ベッドで寝なよ」

肩を揺すっても、由紀は起きなかった。

その代わりに、

「ううん……」

と寝返りを打つと、その拍子にミニスカートが大きくまくれて下着が丸見えになってしまい、俊一は息を呑む。

薄いピンクのパンティがもろに視界に飛び込んできたのだ。

(うわっ、完全に、み、見えた。でも由紀姉のだぞ、お、落ち着け……)

とはいえだ。

十年ぶりに出会った年上の幼なじみは、昔と違って最高にいい女になっている。

子どもの頃は乱暴で男みたいだった。

だけど今は、色っぽい二十八歳の人妻である。

（……そうだよな、人妻なんだよな、なんで俺の家に泊まってるんだよ）

隣の寝室に姉がいるからいいのかもしれないが、人妻のくせに他の男の家に上がり込んで、こうして無防備に寝ているのが信じられない。

（俺のこと、男だって思ってないんだな、きっと）

十年ぶりに会っても、まだ由紀の中では「友達の弟で、泣き虫の俊」なのだろう。

寝顔を眺めていると、由紀がわずかに目を開けた。

「あ、由紀姉、ソファで寝ないで寝室のベッドに行きなよ、姉貴が寝てるからさ。それより旦那さんは大丈夫なの？」

と、いろいろ訊くも、由紀はぼんやりしたままだ。

どうやらまだ酔いが醒めていないらしい。

「……ねえ、ブラ……」

由紀が小声で言ったので俊一は耳を近づけた。

「え？　何？」

「ブラジャー、苦しいから外して……俊……」

「は？」

聞き返すも、由紀はまた寝てしまう。

うろたえた。

由紀の身体を舐めるように見る。

ニットの胸は大きく隆起して、すうすうという可愛い寝息に合わせて上下している。

俊一は生唾を呑み込んだ。
ブ、ブラを外す？
由紀姉のブラを？

それはつまり、由紀の生おっぱいを拝んでもいいという、由紀からの許諾の言葉である。

（い、いいのか？）

由紀を見る。

気持ち良さそうに寝ている由紀は寝顔も美しい。

（いいのかな……どう考えても、さっきのは寝言だよな……）

覚えてない可能性もある。

もしブラを外しているときに由紀が起きたら、ボコボコにされる危険性もある。

だが……。

見たかった。

由紀のおっぱいが見たい。

こんなにキレイになった由紀姉の、しかもニットのふくらみを見る限りはなかなか美乳のような気が……。

俊一はしばらく考えてから決意した。

（よ、よし……言われたのは間違いないんだ。ウソじゃない。怒られたらそのときはそのときだ。仕方ないんだからな……脱がすぞ……由紀姉のブラジャーを）

心臓がバクバクした。

耳鳴りもすごい。

股間がいきなり硬くなる。

震える手で由紀のニットをそっとめくり上げていく。

すると、ぶるん、とピンクのブラジャーに包まれた巨大なふくらみが、まろび出た。

あまりの大きさに感動しながら、両手を由紀の背中に差し入れ、ブラジャーのホックを外す。

くたっとカップが緩んで、お椀型の美しい乳房が目の前に露出する。

(ぬおおっ……由紀姉のおっぱい、すげえキレイだ)

仰向けに寝ていても形は崩れず、乳首がツンと上向いている。

ため息が出るほどの美乳である。

乳首の色も人妻とは思えぬ清らかなピンクだ。

(なんなんだよ、このキレイさは……)

やばい。

もう理性が働かなかった。

由紀の寝顔をじっと見つめながら、おそるおそる、たわわに実ったバストをそっとつかむ。

乳肉に柔らかく指が沈み込んでいき……。

（うっわ、やわらけー）

柔らかいのに弾力があって、指をはじき返してくるようだった。

たまらなくなり、指をさらに生乳房に食い込ませると、

「んっ……」

由紀が軽く吐息を漏らして眉間にシワを寄せたので、俊一はビクッとして飛び退《の》いた。

（ま、まずいっ……起きた？）

様子をうかがう。

しかし由紀は寝息を規則的に続けるだけだ。

起きる気配はまったくなかった。

（結構、飲んでたもんなあ……）

近づくと、まだアルコールの甘い匂いが漂っている。

美しい寝顔もほんのり赤らんでいて、二十八歳の人妻の色気がムンムンと漂っていた。

子どもの頃は男の子っぽかった。

今は色っぽい人妻だというのが信じられない。

(キレイなのに、くっそー、人妻かあ……)

人妻なのだから、由紀はセックスの経験がある。

この身体に知らない男のモノが出たり入ったりして、きっと精液だって中に浴びてるだろう。

なんて考えたら、なんだか無性に嫉妬《しっと》の気持ちが湧いてきた。

仲の良かった幼なじみという関係なのに、誰かに取られたような、そんな勝手な気持ちが心の中に宿ってきたのだ。

(ゆ、由紀姉……)

たまらなくなってきた。

呼吸が深い。

きっと、ちょっとやそっとでは起きないはずだ。

震える指で、ミニスカートを腰までまくる。

薄いピンクのパンティは、暗がりでも由紀の股間にぴっちりといやらしく食い込んでいるのがわかる。

（エ、エロすぎるよ、由紀姉……）

もうとまらなかった。

震える指を由紀の股間に持っていき、思いきってパンティのクロッチを横にずらす。

暗がりに、鮮やかなサーモンピンクのワレ目が見えた。

（くうう、由紀姉のおま×こだっ……人妻のくせに、キレイじゃないかよ）

指で触れてみると、わずかに濡れていた。

（ええ？　ね、寝てても感じるのかな？）

興奮して指を膣にくぐらせると、

「ううん……」

と、由紀がくぐもった声を漏らして、つらそうに顔を歪める。

（やっぱり起きない）

頭の中が熱を帯びて耳鳴りがする。

もうだめだ。

頭が痺れきっていた。

俊一は、寝ている由紀をM字開脚させ、再びパンティのクロッチを指でずらし、秘めやかな部分に顔を寄せて舌を伸ばした。

「んっ……！」

由紀がびくっとして、太ももで頭を挟んでくる。

（のわっ、苦しい）

でも、やはり起きる様子はない。

ワレ目を舐めると、由紀のアソコは濃厚な甘酸っぱさが増していき、ますます愛液が大量ににじんでくる。

（ヌ、ヌルヌルだ……）

やはり、眠っていても感じているのだろうか。

調子に乗ってもっと奥まで舌を入れ、ねろねろと舐めていると、

「あっ……」

由紀が声をあげ、眠ったまま背を浮かせて、ぶるっ、ぶるっ、と小刻みに震えた。

（え？　な、何？）

驚いて由紀を見る。

そのときだ。

隣の部屋から姉の物音が聞こえて、俊一は慌てて、由紀のニットとスカートを元通りにして、寝たふりをするのだった。

3

（ああ……昨日はやばかったなあ）

一晩経っても、由紀のおっぱいやおま×こが頭から離れない。

十年ぶりに由紀に会ってみたら、子どもの頃の粗暴さはなくなり、クールビューティって感じで、いい女の雰囲気をこれでもかと漂わせていた。

さらには人妻らしく、お色気もムンムンだった。

あんな風に酔って無防備に寝ていたら、男としては襲いたくなるのも無理はない。

（しかし間一髪だったなあ。由紀姉にイタズラしてたところがふたりにバレたら、殺されるか縁切りだっただろうな）

昨晩は結局、一睡もできなかった。

幼なじみである姉の友人をイタズラしてしまった、という罪悪感がずっと続いていた。

いやそれよりもだ。

床に寝ていても、ずっと由紀のことが頭から離れない。

何度も、イタズラの続きをしようと考えて、

「バレたらまずい」

と、自重したのである。

（ああ、でもすごかったなあ……）

指先を嗅いでみる。

由紀の濃厚な愛液の匂いが、今も指先に残っている。

昨晩のことを思い出すだけで、股間がムズムズしてしまう。

（あっ、そうだ……）

俊一はパソコンをつけて、いつものアダルトチャットのサイトを開いた。

あのチャットレディが由紀なのか、もう一度確認したかったのだ。

開くと、ちょうどその気になっていたチャットレディの「ユリ」が、ライブ配信をしているところだった。

画面のユリは、相変わらず顔半分を大きなマスクで覆い隠しているから、やはり完全に由紀とは言い切れない。

（うーん、相当似てるけど……やっぱり違うかなあ。由紀姉がこんなことするわけないもんなあ）

と思いつつも、昨晩の由紀の裸体がまた思い出されてきて、俊一はティッシュを近づけて、ズボンとパンツを下ろす。

そのときだ。

俊一と同じようにチャットを見ている誰かが、

「おっぱい見せて」

と、チャットで送っていた。

(どうせだめなんだろうなあ……)

この前の疑似《ぎじ》フェラでも、ユリがそんなことをするなんて初めてのことだ。

だけど、あれが彼女の精一杯。

露出なんか、おっぱいどころか下着姿も披露したことがない。他の女の子が過激に露出をしているのとは雲泥《うんでい》の差である。

なので、いつものように「だーめ」と、彼女が画面の中で言うのだろうと思っていた。

ところがだ。

「うーん……一瞬ね、一瞬だけだから……」

画面の中のユリが恥ずかしそうに顔を赤らめ、着ているTシャツの裾を手でつかんだから、俊一は驚いた。

(えっ? おおっ! マジか)

慌てて勃起をつかんで準備をする。

画面のユリが恥じらいつつ、顔をそむけてTシャツの裾を大きくめくりあげた。

（うおおおっ！）

想像以上に大きくて形のいい美乳だ。

トップの薄ピンクの乳首がツンと上を向いていて……。

見とれながら、俊一はハッとした。

昨晩見た由紀のおっぱいと、ユリのおっぱいは、形も色も瓜《うり》二つ……いや、ほぼ同じものだったのだ……。

4

「おい俊一。またぼうっとしてるぞ」

富田《とみた》に言われて、俊一はハッとしてグラスのビールを呷った。

大学時代からの悪友の富田亮《りょう》に、

「飲みにいかないか」

と、誘われて、渋谷《しぶや》の賑《にぎ》やかな居酒屋に来ていたのだ。

それにしてもだ。

あの「ユリ」のおっぱいは由起と同じ物。ということは間違いなく同一人物だ。

だけど確かめるすべがない。

まさか由紀に、

「ねえ、エロチャットに出演してない？」

なんて訊けるわけがない。

まあ訊いても答えないだろうけど。

「どうした？　モテなすぎておかしくなったか？　遙香ちゃんだっけ、見事にフラれたんだろ」

「フラれてないってば」

ちょっとムッとした。

富田は、普段は気さくでいいヤツなのだが、酔うと意地が悪くなるときがある。

俊一が口を尖らせていると富田が笑って、

「そうそう、この前、セフレでもいいって女が寄ってきてさあ……十九歳で、ピチピチのギャル。可愛いんだぜ」

また始まったと俊一はうんざりした。

富田は酔うと、自分がモテることを自慢してくるのである。

「なあ俊一。何人か女まわそうか？　おまえみたいな冴えないヤツでもＯＫの尻軽女をさ」

さすがにイラッとした。

「いらないよ、こっちだって別にいるから」

「へ？　おまえにいるのかよ、セフレなんて」

「い、いや……」

いないと言おうとしたが、大病克服を機に積極的になったから、美しい人妻らとセックスできたことを自慢してやろうと思った。

「実は俺もセフレが……」

「あれ？　ねえ、俊じゃない？」

ふいにテーブルの横を通った女性が声をかけてきた。

なんと由紀だった。

（ウソッ、すごい偶然。にしても由起姉、また、こんな格好……）

俊一はドキッとした。

胸の谷間が見えそうなVネックニットに、白いミニスカート。

二十八歳の人妻の色気がすごい。

富田が目をぎらつかせて由紀を見つめている。

俊一は、由紀の背後に女性がいたので挨拶した。どうやら由紀は友達と飲みに来たらしい。

富田のことを紹介すると、

「よかったら一緒に飲まない？　ねえ、美里《みさと》」

美里という由紀の友達もＯＫしたので、四人で飲むことにした。

もちろん富田はふたつ返事だ。

俊一の隣に由紀が座り、富田の隣に美里という女性が座る。

もともと由紀はおしゃべりな上に、この美里という友達も気さくで、話しやすい。

しばらく飲んでいると、みんなで盛り上がってきて、

「……そうよ、俊の子どもの頃から知ってるの。泣き虫だったわねえ」

由紀がからかいながら、身体を寄せてきた。

（うおっ）

柔らかな胸のふくらみの感触を左肘に感じて、俊一はドキッとした。

（こ、このおっぱい、見ちゃったんだよな……キレイだったよな）

しかし、どうにもあのチャットレディのおっぱいが気になる。

あれは由紀のおっぱいだ。

ということは、ユリというチャットレディは由紀なのだ、きっと。

そんなことを考えながら、さらにビールを呷る。

富田がうらやましそうに見つめているので、かなりの優越感だ。

（フフ、美人だろ？　由紀姉ちゃん）

と言っても、ただの幼なじみの姉の友達だ。

だが由紀が俊一にしなだれかかってくる雰囲気は、俊一にとっても姉の友達とは思えない親密さに感じる。

なので、富田が嫉妬深い目をするのも当然だろう。

そのまま二時間ほどで、店を出ることにした。

「じゃあねえ。楽しかったわ」

由紀とその友達の美里は店を出て、ふらふらしながらも駅に向かって歩いていく。

富田が次の店に行こうとふたりを誘ったのだが、用があるらしい。

由紀のミニスカートから伸びたムッチリした太ももと、スカート越しの悩ましい尻の丸みを見つめていたときだ。

「おまえ……何だよ、あんな美人がいたのかよ」

富田がニヤニヤしながら同じように由紀の後ろ姿を目で追っていた。

「由紀さんって、旦那と上手くいってないように見えたんだけどさあ、ホントはどうなのよ」

「どうって……」

確かにこのところ、由紀は友達と飲み歩いている機会が多いようだ。

もしかすると夫婦の間に何かあったのかも知れないが、訊くのは野暮かなと訊かないでいた。

「人妻で、おまえの姉貴の友達だっていうけどさ……なあ、おまえとは何にもないよな？」

富田が真剣な目で見つめてきた。

ないよ、と正直に言えばよかったのだが、散々富田にモテることを自慢されて頭にきていたから、思わせぶりなことを口にしてしまう。

「さあ、どうかなあ？」

もったいぶったように言うと、富田がいらついた目を向けてくる。

「おまえがさっき言おうとしたセフレってまさか……」

富田が真っ赤な顔をする。

いい気味だった。

「セフレっていうか、まあいい身体してるよ、由紀姉」

おっぱいを見たことはウソではない。

ただし、無許可でだが。

富田が歯ぎしりして、睨んできた。

「はあ？　ウソだろ？　あんなキレイな人妻が……おまえみたいな冴えない男となんかエッチするわけないだろっ！　ただの姉ちゃんの友達だろ？　見栄張るなって」

「見栄なんて……」

と、答えたそのときだ。

あのとき……由紀を撮影したのを思い出し、スマホを取り出して富田に画像を見せた。

「ほらよ」

富田がマジマジと画像を見る。

寝ている由紀にイタズラをしたときのことだ。

せっかくだからと、最後に由紀の寝顔を一枚だけ撮影していたのだ。

写真の由紀は髪が少し乱れていて、顔が赤らんでいる。

まるでセックス後の写真みたいだなあと思って大事に保存していたが、まさかこんなところで役に立つとは思わなかった。

富田が声を震わせて、訊いてきた。

「……おい、これ……ま、まさか……由紀さんとヤッたあとか？」

「想像に任せるよ」

自慢げに言うと、富田が唇を噛んで口惜しそうな顔をした。

（へへ、ザマー見ろ）

以前のおどおどしていた自分とは違うのだ。

優越感に浸っていると、富田は少し考えてから、

「なあ家で飲もうぜ」

と誘ってきたので、富田のマンションに行くことにした。

まあ金曜だから遅くなってもいいか。

そう思って、富田のマンションの部屋に行く。

富田が玄関を開けて出てきたのは、やけにセクシーな美女だったので、俊一は驚いた。

5

「こ、こんばんは」

驚いて、かすれた声で挨拶した。

富田のマンションの部屋を訪ねて、出てきたのは派手なメイクの女の子で、し

かもキャミソールという無防備な格好だったのだ。

「こんばんは。亮くんのお友達?」

そのセクシーな女の子は、いきなりの来訪者にも嫌な顔をせず、屈託のない笑顔を見せてくる。

「すいません。まさか彼女さんがいるなんて思わずに、こんな夜中に押しかけて」

謝ると、その女性は、

「彼女ねえ。うーん、どうかなあ……」

と、上目遣いに富田を見つめる。

富田は、あははと乾いた笑いを見せつつも、

「いいから、あがれよ」

と、その話題には触れようとせずに、俊一を部屋に招くのだった。

(なーんかへんな関係だな……まさか、この子が例のセフレか?)

居酒屋で富田が話していた「セフレでもいい」と迫ってきたという女の子。あの話の子なのかもしれない。

(確かにキレイだ)

確か十九歳と言っていた。

ショートヘアに派手なメイクの可愛い顔立ちだ。

唇が厚ぼったくて、それがやけにいやらしさを感じさせる。

しかもキャミソールにショートパンツという格好で、はちきれんばかりの胸のふくらみや、豊満なヒップを見せつけてくるのがかなりエロい。

「こいつは俊一。大学時代からの親友でさ」

「そうなんだ。よろしくねえ、俊一さん。私は佳奈《かな》。亮くんとは友達のパーティで知り合ったのよ」

と言いつつ、ソファに座る富田の膝の上に彼女はちょこんと座った。

(なんだよ、見せつけるために呼んだのか？)

ムッとするも、この佳奈という子が、可愛らしくてセクシーの上に性格も明るくていい子なので、富田の狙い通りに嫉妬してしまう。

だが……比べては申し訳ないと思うのだが、由紀の方が美人かもしれないと思ったら、ちょっとだけスッとした。

といっても、こっちは身体の関係。

由紀とは姉弟のように仲がいいというだけで、張り合う土壌にすら乗っていないのだが……。

深夜の二時をまわった頃だ。

帰ろうかと思ったけれど、泊まっていけよと言われて、タクシー代がもったいないので言われたとおりにした。

リビングのソファと毛布を貸してもらって、上着とズボンを脱いで毛布にくるまり電気を消す。

だいぶ飲んだので、意識が朦朧《もうろう》としていた。

（隣の寝室で、おっぱじめたらいやだなあ……）

などと思いつつ、うとうとしかけたところだ。

誰かが毛布に侵入してきた気がして、慌てて毛布を剥ぐ。

「ウフフッ」

佳奈が抱きついてきて妖艶《ようえん》な笑みを見せてきたので、俊一は軽くパニックになった。

しかもだ。

キャミソールに、ショートパンツの刺激的な格好である。

「へっ？　あ、あの……」

わけもわからぬまま、

「か、佳奈ちゃん？」

ドキドキしながら名を呼ぶと、彼女は、

「シーッ」

と、人差し指を口に当てて、おもむろに俊一のパンツを脱がして男性器を握りしめてきた。

「うっ！」

酔っているのに、びんっ、と屹立が大きくなって欲情を示す。

「な、何してるのっ……ちょっと……」

勃起したのが恥ずかしくなり、隠そうと身をよじるも佳奈が上から押さえつけて、さらに強く肉竿を握ってくる。

「ちょっと待って……」

とにかく慌てた。

隣の部屋には富田が寝ているのだ。

しかし、佳奈はそんなことおかまいなし、俊一のペニスの太さや大きさを確かめるように眺めてから、ウフフと笑う。

「ウフッ……待ってなんて言って、もうこんなに大きくしてるのに？」

「いや、だって……富田が隣の部屋で寝てるのに、まずいよ」

セフレとはいえ、友人と関係のある女性だ。

そんな女性と関係を持ったら、まさに穴兄妹。

それだけはまずいと抗《あらが》おうとするのだが、佳奈に上目遣いに妖しげな目を向けてこられて、股間が疼く。

「亮くんは起きないよ、だいじょーぶ。それよりも、俊一さんは私のことどう思ってるの？」

「どうって……うっ！」

勃起を優しく指でゆったりとこすられる。

ゾクッとした痺れが走り、思わず腰を震わせてしまう。

「フフッ、可愛いね。俊一さんって真面目そうなのに、ここは乱暴そう」

耳元で甘くささやかれながらの、淫らな手コキが続いていく。

（どうして……？）

セフレでもいいというだけあって、かなり好き者なんだろうか。

それにしても、隣室でセフレ相手が寝ているのに、その友達にエロい夜這いを仕掛けてくるなんて奔放《ほんぽう》すぎる。

（まずいよ、まずすぎる……）

と思っていても、美女の指でシゴかれると、脳みそがとろけて何も考えられなくなっていく。

「おどおどして可愛い。ウフフ、ずっと私のおっぱいとか見てたもんね」

「いやっ、それは……」

否定するものの、佳奈はお構いなしに毛布に潜り込み、さらに繊細に勃起をさわさわといじってきた。

「あんっ、おっき……」

肉竿に熱い吐息がかかる。

彼女の指が、竿の表皮を引き延ばしたり、睾丸の感触を確かめたりして、俊一のペニスをじっくりといたぶってくる。

（くうう……き、気持ちいいっ……）

出会ったばかりの子にペニスを観察されるのが恥ずかしいのだが、妙に興奮してしまった。

それが勃起にも伝わったようで、

「ああんっ、手の中でびくびくしてる。もっとしてほしいって……」

佳奈は毛布の中でそう言うと、小さくため息をついた。

そして次の瞬間……。

「うぐっ……」

亀頭が生温かな潤みに包まれて、あまりの刺激に俊一は腰を浮かせてしまうのだった。

「ンンンッ！」

ゾクゾクッとした痺れが走り、腰がとろけた。

毛布の中にいる佳奈が、勃起を口に咥えてきたのだ。

「佳奈ちゃん、ううっ」

肉竿が温かく、ぬかるんだものに包まれている。

毛布の中にいるから直接は見えないが、ペニスが彼女の口の中に含まれているのは感触でわかる。

（い、いきなり、会ったばかりの男のモノを咥えるなんて……）

しかもだ。

セフレとはいえ、自分と身体の関係のある男が隣室で寝ているのに、その友人を夜這いしてチ×ポを咥えているのである。

（この子、やっぱり相当な好き者だな……）

セクシーで可愛らしくて、しかもスタイルはグラマーだ。

エッチな雰囲気ではあったが、まさにその容姿どおりの奔放な女性だった。

「佳奈ちゃん……まずいよ……それにシャワーも浴びてないし……」

狼狽《うろた》えて言うと、彼女は咥えるのをやめて毛布から顔を出してきた。

「ウフっ、汚くなんかないわ。俊一さんのオチン×ン、美味しい……」

そんな過激なことを言いつつ、また毛布にごそごそと潜り込み、今度は舌を使って丹念に勃起を舐めてきた。

「うっ！」

敏感な裏筋を舐められたと思ったら、さらに根元から先端まで舌を這わされる。

ついには鈴口もぺろぺろと舐められると、

「くううっ」

あまりの快感に、俊一は身悶えしてしまう。

(う、うまいっ……)

今まで経験した女性の中で、おそらく一番舌の使い方が上手だと思う。

唾とカウパー汁の音がいやらしい音を奏でているときだった。

じゅるるる……。

隣室から、

「あれえ、佳奈は？」

と、富田の声が聞こえてきて俊一は固まった。

ところがだ。

佳奈は、

「大丈夫。亮くん、寝ぼけているだけだから」

と、毛布の中でささやき、フェラを続けてくるのである。

「いや……でも……おおう！」

いけないと思うのだが、彼女のよく動く舌によってペニスをヨダレまみれにするほど舐められると、猛烈に射精したくなってきた。

「佳奈知らない？」

暗がりの中で、富田が言う。

心臓が止まりかけた。

でも、何も言わないのはまずい。

「ト、トイレじゃないか？」

富田に向けて言うと、

「あっ、そうか」

と、納得した様子で戻っていく。

ホッとしたときだった。

ますます佳奈のフェラが激しくなってきて、俊一は腰を浮かせてしまう。

「だ、だめだって……」

ペニスの芯が熱くなっている。

まずい……と、毛布をめくって佳奈を見れば、上目遣いにニコッと笑いかけてきて、また舌を使ってくる。

「おおう……」

尿道がムズムズする。

腰が痺れてきた。

「まずいってっ……」

訴えて、勃起を佳奈の口から抜こうとした。

だが彼女はお構いなしに、さらに激しく顔を打ち振ってくる。

「そんなにしたら……だ、だめだ、ごめん」

ガマンできなかった。

切っ先から放出した精液が佳奈の口中に注がれる。

(くうう、だめだ……気持ち良すぎだ……)

腰がとろけるような最高の射精だった。

友人のセフレに口内射精してしまうという、まさかの体験に放心していたときだ。

「ウフっ、まだ大きいね」

佳奈は喉を鳴らして精液を飲み下してから、おもむろにソファに座って、キャミソールを脱ぎ始めた。

「えっ……！」

ぷるん、としたおっぱいが、俊一の目の前にまろび出る。

突き出すようなロケット形で、先もキレイな薄ピンクだ。

（す、すげ……ッ）

驚いている俊一を尻目に、佳奈はさらにショートパンツとパンティも下ろして全裸になる。

「なっ……！」

真っ白くて、ピチピチしたヌードだった。

おっぱいもお尻も大きくて、くびれのあるグラマーなボディだ。

「な、何してるのっ」

慌てて言うと、佳奈はイタズラっぽい笑みを浮かべてくる。

「ウフッ。だって、まだ硬いんだもん」

まだ半勃ちの勃起をつかむと、おもむろに俊一をソファに押し倒して、腰の上で跨いできた。

（えっ……？　ま、まさか……騎乗位でする気か？）

目を丸くしていると、上から佳奈がまた、

「ウフフッ……」

と、楽しそうに笑いかけてくる。

「なっ、まずいよ。まずいって……」

今のところ、フェラチオだけだ。

罪悪感はあるが、まだセックスはしていない。

（も、もし……やっちゃったら、取り返しがつかない……）

富田に合わせる顔がない。

と、思うのと同時に……ヤリたい気持ちはますますふくらむ。

なんといっても十九歳。

暗がりでも、水を弾くようなハリのある肌や、弾力あるおっぱいや、小ぶりだが、つるんとしたヒップを味わってみたい。

葛藤していたときだ。

「いいの。あたしも、もうガマンできなくなってるからぁ……ねえ……しようよぉ……大丈夫だから」

俊一に言い聞かせるようにしながら、佳奈は硬くなったものを自分のワレ目に当ててさらに腰を落としてくる。

「うっ……」

俊一は呻いた。

亀頭が、ぬめった入り口を押し広げるようにしながら、ゆっくりと温かな坩堝に嵌まり込んでいく。

（ああ……あったかい……佳奈ちゃんの中……とろけるっ）

さすが十九歳。

おま×こはキツキツだった。

見れば、恥毛は薄くてつるつるしているし、淫唇のくすみなんかまったくなくて清らかだ。

ショートヘアに派手なメイクのギャルだが、さすが十九歳。ピチピチだ。

さらに佳奈が大きく足を開いて、尻を落としてくると、

「ンッ！　ああんっ……か、硬いっ」

彼女は茶髪を振り乱し、細顎をそらしながらも深々と腰を下ろしてくる。

俊一の肉棒が、キツイ中でも、ぬるっと根元まで呑み込まれていく。

かなり濡れているから、抵抗がなかったのだろう。

「ぁあああっ！」

奥まで嵌まったのを感じて、佳奈は騎乗位で俊一の上に乗りながら、大きく腰をうねらせる。

「くううっ……」

俊一も痺れきって唸《うな》っていた。

佳奈が腰を全部落としきったので、すさまじい挿入感が俊一の中で走り抜けていく。

（あったかいなんてもんじゃない。熱い……）

しかもだ。

適度に締めつけてくる。

肉襞のざわめきが気持ちよすぎた。

まるで精子を欲しがっているかのようだった。肉襞のうねうねが、奥へ奥へと引きずり込むのだ。

（くおおっ、すごいなっ）

襞がまるでペニスに吸い付いてくるような締め付けは、今までにない感覚だった。

「ぁああん……大きい……いいよぉっ……」

のけぞりながら、佳奈が腰を前後に振りはじめた。

「くううッ」

俊一も天井を仰ぎながら、思わず、くぐもった悲鳴をあげてしまう。

たまらなかった。

このままでは、もちそうもない。

早くも二度目の射精をしてしまいそうだ。

だが……下から突き上げないわけにはいかなかった。キツキツの十九歳のおま

せる。

「やんっ……深いところっ……当たってるっ……やあんっ」

騎乗位で見下ろしながら、佳奈は恥じらいの声をあげて、腰をぶるぶると震わせる。

確かに切っ先が、柔らかなふくらみを捏ねている感触がある。

ここが気持ちいいのか、と、夢中になってさらに激しく突きまくる。

「あんっ……いい、いいよぉ……」

佳奈は感じすぎてM字開脚するのもつらくなってきたのか、両手を俊一の胸の上にぺたんと置いて、前傾しながらさらに腰を動かしてきた。

ぱちんっ、ぱちん、と肉の打擲音《ちょうちゃくおん》がするほどの激しさだった。

「くううっ……ああ……や、やばいっ……」

焦った顔を見せると、腰を振りながら十九歳のギャルは、

「ウフフー」

と笑って、イタズラっぽく見つめてくる。

(ああ、この子は男を翻弄《ほんろう》するのが好きなんだな……)

茶色のショートヘアが乱れて、汗ばんだ頬に張りついているのが、なんともエロティックだ。

大きな瞳を潤ませ、形のよい乳房が激しく上下するほどに、腰をくいくいと揺さぶってくる。

「おおおっ、ま、待ってっ……」

中に出してしまいそうだった。

焦った顔をすると、佳奈は察したようで口角を上げて見つめてくる。

「佳奈の中に出したいのね……ウフフ、いいよっ」

とんでもないことを言って、佳奈は前傾して抱きついてきた。

つながったまま、抱き合い見つめ合う。

長い睫毛《まつげ》やぱっちりした目は、メイクなどなくてもかなり可愛い。

「か、佳奈ちゃん……」

やばい。

心まで持っていかれそうだ。

相手は富田のセックスフレンドである。

本気になったらまずい。

戸惑っていると、彼女はウフフッと笑って唇を寄せてきた。

恋人のように、ちゅっ、ちゅっ、とキスをしては、いったん唇を離して見つめてきて、また軽いキスをする。

（くうう……可愛いじゃないかよぉ……）

何度か口づけしていると、今度は舌を入れられた。

口内を舐めてきたので、俊一も舌をからめて、深いキスにつなげていく。

もうダメだ。理性が飛んだ。

「んふん……んんうん……ううん……」

ディープキスしながら、彼女と結合を外して降ろさせた。

「あんっ……な、何っ……？　どうしたの？」

戸惑う佳奈をソファに寝かせ、今度は俊一から正常位で突き入れた。

「ああんっ！」

佳奈がのけぞった。

騎乗位で射精するのではなく、やはり自分から動かして、射精したくなったのだ。

彼女の両脚を開かせ、ぐいぐいと腰を使う。

「ああんっ……！　んンッ」

あまり大きな声を出すと、隣の部屋で寝ている富田に聞こえると思ったのだろう。

彼女は唇を噛みしめて、漏れ出す声を押し殺している。

そのガマンしている表情がなんとも淫らだった。

俊一はますます興奮し、前傾しながら激しく突き込んだ。

「ああぁっ……ああんっ……あんっ……だ、だめぇっ」

相当感じたらしく、佳奈はもう喘ぎ声をガマンできないようだ。

（も、もういいやっ……）

佳奈の口を塞ごうと思ったけれど、可愛い声を聞いていたかった。

本気で感じてくれているようだから、もっと感じさせて、淫らな声をあげさせたかったのだ。

「ああんっ、は、激し……ああんっ、すごいっ……削られちゃうっ！」

佳奈が下から手を伸ばしてきて、ギュッと抱きついてくる。

たまらない。

気持ち良すぎてたまらない。

俊一は身体を丸めて、尖った乳首に吸い付きつつ、パン、パンっ、と音を出すほどにストロークする。

「ああん、き、気持ちいい……」

佳奈は心底感じた声を出して、自らも腰をくいっ、くいっとしゃくりあげてくる。

得も言われぬ快感が走り抜けてきて、

「ぬうう……」

と、思わず呻いてしまうほど気持ちいい。

それでも射精をガマンして、腰を動かすと、

「あ、あんっ……だめぇ……気持ちよすぎっ。俊一さんのオチン×ン、すごく感じちゃうっ……いいのっ、ああんっ、ンンッ……」

佳奈が泣きそうな顔で、こちらを見つめてくる。

細眉がつらそうにハの字に折れ曲がり、瞳がうるうるしている。

「どうしょうもないの……」

という感じの、快楽に負けていく佳奈の切実な表情が、俊一をさらに昂ぶらせていく。

少し角度を変えて深くえぐると、

「ああんっ……んっ……あんっ、すごい……すごいっ……ああんっ！」

佳奈はもう半狂乱だ。

真っ白なおっぱいが、打ち込むたびに縦揺れする。

エロティックな光景だった。

佳奈はもう泣きそうだ。

それでも、腰を振ってくる。

可愛らしい顔をしているのに、やはり腰の動きは貪欲《どんよく》だった。ますます愛おしさがこみあげてきて、今度は俊一からギュッとした。

抱きしめながら唇を奪い、そしてさらに首筋やおっぱいを舐め、もうこの可愛いギャルは自分のものだと言わんばかりに激しく突きまくる。

すると、

「あっ、すごいっ……いいっ……ああんっ、ま、また……イキそう……」

佳奈は可愛らしい顔を哀切に歪め、腰をくねらせる。

さらにピストンをすれば、

「あんっ……ああんっ……ああんっ……イクッ……ねえ、俊一さんっ……一緒に、一緒にいこっ……あっ、あっ……」

佳奈は俊一の腕をつかみ、潤んだ瞳を向けてくる。

(ホントに出していいのか？　で、でも……)

もう限界だった。

佳奈は欲しがっているし、大丈夫だと言っている。

ならばと、最後のスパートだ。

切っ先で内部の粘膜を穿《うが》ち、歯を食いしばって何度も何度も打ち込んでいくと、

「ああんっ……だめっ！　ああん、イクッ、イッちゃううう！」

佳奈がもうだめ、とばかりに、ギュッとしてきた。

ぶるっ、ぶるっ、と腰が震える。

それと同時に膣がエクスタシーの痙攣を始めた。

（うわっ、だめだっ）

その瞬間に、俊一もしぶかせていた。

（くうう……）

すさまじい快楽に、目の奥がちかちかする。

口が半開きになって、ヨダレを垂らしそうになりながらも、佳奈を抱きしめて注ぎ込んでいく。

（な、なんて気持ちいい……）

全身が痺れて、意識が遠のいた。

「あんっ、俊一さんのセイエキっ……熱いっ」

佳奈は恍惚《こうこつ》に打ち震えている。

汗ばんだ身体は甘酸っぱい匂いがして、俊一はその匂いにも反応して、うっとりしてしまう。

やがて出し尽くしてから、ゆっくりとペニスを抜くと、彼女の膣内からどろっと白いものが流れ出した。

「ああ、ご、ごめん」

謝ると、彼女は無邪気に笑った。

「いいの。私が欲しかったんだから」

そのままソファの上でイチャイチャしてから、彼女はすっと俊一から離れていって、暗がりで手を振りながら隣の部屋に戻っていく。

(に、匂いとか大丈夫か?)

気が気でなくて、その日はずっと寝ることができなかった。

第四章　緊縛された姉ちゃんの友達

1

「由紀さん！　この前はどうもっ」

居酒屋のテーブルに座っていた富田が、由紀を見つけるなり、きらきらと目を輝かせた。

と同時に、由紀と一緒にやってきた俊一には、

「わかってるだろうな」

という厳しい目を向けてくる。

（いや、わかってるけどさ……）

俊一がため息をつくと、富田の横に座っていた佳奈が、

「この前はどうもぉ」

と、こっちはイタズラっぽい目を向けてきた。

（くうう、完全にハメられたよなあ）

俊一は大きなため息をつく。

先週のことである。

富田のセフレの佳奈に夜這いされ、いけないと思いつつも、ついついエッチしてしまったのだが……。

実は、それはすべて富田の差し金だったのだ。

「なあ俊一、佳奈と最後までヤったんだろ？」

佳奈と関係を持ったあと、富田にさらりと言われた。

あのとき、

「佳奈知らない？」

と、深夜に寝ぼけて起き出したのも演技だったようだ。佳奈は富田に絶対に言わないと誓ってくれたのだが……。

（人間不信になりそうだよ）

とはいえだ。

拒もうと思えば拒めたので、完全に自分が悪い。

富田には「すまない」と頭を下げたのだが、しかし、富田は怒るどころか楽しそうに肩を叩いてきた。

「いいんだって。それよりさ……だったら、セフレ交換しない？」

「は？」

「由紀さんだよ。おまえのセフレなんだろ？　おまえから由紀さんに頼んでみてくれよ」

富田の交換条件に、俊一は眉をひそめた。

なるほど、目的は由紀だったのか。

「えっ……い、いやっ……由紀姉はセフレじゃなくて……」

「何言ってんだよ、今更さあ。誘ってくれりゃあいいんだよ。あとは俺がうまくやるからさあ」

富田はその後に、耳打ちしてきた。

「佳奈さ、おまえのこと気に入ったらしいぜ。なあ、由紀さんとおまえと合流した後に、パートナーチェンジしようぜ。だったらいいだろ」

そんな風に富田に持ちかけられ、佳奈とエッチした罪悪感があって断り切れなくなった。

いや、本音を言おう。

佳奈と、もう一度ヤリたかった。

それにである。

由紀は本質では男勝りで気が強くて、身持ちは堅い……はず。

飲みに行くだけなら、富田がどんなに言い寄っても、由紀は簡単には乗ってこないだろう。

そう思って渋々、由紀を連れ出したのだ。

もちろん由紀にはセフレ交換とか、そんな話は一切していない。

ただ、「この前会った富田とまた飲むから、一緒に行かないか」と、誘っただけである。

由紀がテーブルにつくなり、富田は身を乗り出してきた。

「いやあ、由紀さんとまた飲めるなんて。うれしいなあ」

かなりハイテンションだ。

由紀を狙っているのが、丸わかりである。

横にいる佳奈はそっちのけなので、自然と俊一だけが佳奈に話しかける構図になる。

由紀を見れば、富田と話すのがわりと楽しそうなのだ。

ちょっとムッとして、

「由紀姉、ここのところよく飲み歩いているらしいけど、旦那さんは大丈夫なの？」

と、ふたりの間に水を差すようなことを言うと、由紀は笑って、

「そういうのはいいの。せっかく楽しんでるんだから、ねえ、富田くん。かんぱーい！」

と、由紀もテンションが高くなってきた。

ますます心配になってくる。

（由紀姉、富田はだめだからね。ヤリ捨てするような男なんだから）

なんだかもう、由紀のことが気になって仕方なくなってきた。

ちらりと楽しそうな横顔を見る。

（しかし改めて見ても、由紀姉ってキレイだよなぁ）

切れ長の目が麗しいクールビューティだ。

栗色のセミロングヘアがさらさらで、白いブラウスにデニムという地味な格好なのに、いい女のオーラがムンムンと漂っていた。

見れば見るほど、ドキドキしっぱなしだ。

（くっそー、いい女だ。だけど、どうせ、由紀姉は俺のこと、弟みたいにしか見てくれないもんなあ）

とにかく早く切り上げようと「由紀は人妻だから遅くなるとまずい」と強引に終わらせて、四人で店を出たときだった。

前を歩いていたのは、由紀と富田。

相変わらず楽しそうだった。

少し離れて、俊一は佳奈と並んで歩いていた。

前のふたりが、角を曲がったときだ。

佳奈が俊一の腕を引き、狭い路地に連れ込むやいなや、いきなりキスしてきた。

暗くて狭い路地に連れ込まれて、いきなりキスだ。

俊一は軽くパニックになった。

驚いていると、舌も入れられた。ますます狼狽えてしまう。

（なっ……か、佳奈ちゃん、強引すぎるっ……）

と、思いつつも、佳奈の甘い唾とフルーティな呼気、柔らかな唇やなめらかな舌の動きに翻弄され、ついつい俊一も舌をからませてしまう。

（いや、こんなことしてる場合じゃないぞ。由紀姉！）

しかしだ。慌てて佳奈を離して元の道に戻ると、由紀と富田のふたりはいなくなっていた。

「ウフフ。ふたりともいい雰囲気だったものね」

佳奈が背後から抱きついてくる。

「か、佳奈ちゃん、なんでそんなに落ち着いてるの？　富田が他の女といっちゃったのに」

焦って言うと、佳奈は妖しげに目を細める。

「いいの。だって私たちそういう関係だもの。彼が彼女をつくっても干渉しないって約束。由紀さんって、すごくキレイな人よねえ。間違いなく亮くんのタイプよね」

そう言いつつ、佳奈がギュッと手を握ってくる。

「向こうはきっと楽しんでるわ。ねえ、私たちも楽しみましょうよ。私さあ、俊一さんのこと、ちょっといいなって思ってるんだよね」

「えっ！　い、いや、でも……」

由紀のことを考える。

心配するも、由紀と自分はそういう関係ではない。

ただの弟みたいなものだ。

それに……仮に浮気するにしても、それは由紀たち夫婦の問題だ。

自分が口を挟むことではないと思う。

(そうだよ、由紀姉とは姉弟みたいなものさ。どうせ脈はないんだ。それに由紀姉は、そんなにフラフラして男についていく軽い女じゃない)

そんなことを考えたら、なぜか暗い嫉妬の気持ちが湧き上がってくる。

なんであんなに富田と楽しく話してるんだ。

自分で連れてきたくせに、嫉妬するのもおかしいと思う。

だけど、口惜しかった。

俊一は佳奈の手を握り返し、今度は逆に佳奈を建物と建物の間の一メートルもない隙間に連れ込んだ。

暗くて狭い。そしていくら暗いと言いつつも、表通りから覗かれる危険性は高い。

わかっているが止められなかった。

無理矢理に佳奈に壁に手を突かせ、ミニスカートをめくりパンティを引き下ろす。

「え？　いやあん、俊一さんって強引っ……」

佳奈は顔を赤らめ身をよじるも、そこまでいやがってはいないようだ。

俊一はズボンのチャックを引き下ろして勃起を取り出すと、まだ濡れきってない佳奈のワレ目に立ちバックで挿入した。

「あっ……だめっ……誰かに見られちゃう……」

佳奈はいやいやと首を振る。

だがそう言いつつも膣が締まって、じんわりと潤んできている。

このスリルを楽しんでいるのは間違いない。

「濡れてきてる。見られるのがうれしいんだよね」

「そんなことなっ……あっ……あぁんっ……」

今までにない強引さだった。

頭の中で、由紀への嫉妬が渦巻いている。それが俊一を突き動かしたのだった。

2

「むうう……」

建物の間の狭い隙間だ。

その中で息をつめ、渾身《こんしん》の力で佳奈をバックから突く。

佳奈のヒップと太ももが、パンパン、パンパンと淫らな打擲音を鳴らし、アソコからは、しとどに愛液が垂れてくる。

「ああんっ、ああっ、俊一さん、気持ちいい……」

やはりこの子はマゾだ。

見られるかもしれないという中で、尻を振っておねだりしてくる。

(こんなエロくて可愛いセフレがいるのに富田のヤツ、由紀姉と……)

由紀も由紀だ。

あんな軽そうな男についていくなんて……。

怒りにまかせて、ズボズボと佳奈の奥をしたたかに突いてやる。

「ああんっ、は、激し、やあん、だめえ」

佳奈のエロい声に、蜜壺の強烈な締めつけが加わる。

気持ちいい。

なのに、なぜか勃起がしぼんでいき、ペニスが膣穴から外れてしまった。

「あっ、ご、ごめんっ」

慌ててペニスをこするも大きくならない。そんな様子を見ていた佳奈が、ウフフと寂しそうな笑みをこぼした。

「やっぱり気になるのね。由紀さんのことが」

「いや……そんなこと」

「ウソ。飲んでるときからずっと気にしてたよ。俊一さん、ホントは由紀さんのこと好きなんでしょ」

頷くしかない。

本当のところは気になって仕方がない。これは確かに好きという感情なのかもしれない。

佳奈が急に真面目な顔をした。

「なら早く探した方がいいよ。亮くん、女を酔わせてヤッちゃうし」

「は？」

「ホント。結構、あの人強引よ。女の子が何人も泣いてる」

確かに富田には歯止めの効かないところがある。

だが、女性に対してそこまで非道とは思わなかった。

(ゆ、由紀姉っ……！　まさか……富田にレイプ……)

いてもたってもいられなくなってきた。

「ごめん、佳奈ちゃん！」

俊一はズボンを穿き直すと、佳奈を置いて表通りに出て走った。

富田に電話してもだめだろう。

由紀に電話をかける。

しかし、何度かけても出なかった。

（くっそ……）

酩酊《めいてい》した由紀を富田が犯すシーンが脳裏に浮かび、ますます焦る。

俊一はタクシーで富田のマンションに行き、玄関の前で部屋の番号を押す。だが、まったく返答はなかった。

ふたりがホテルに行ったとしたら探すのは不可能だ。

絶望していると電話がかかってきた。

由紀からだった。

「なあによ、何度もかけてきて」

「由紀姉！　今どこ？」

「あんたのアパートの前よ。言いたいことがあったから来たの。ねえ、あんたこそ、早く帰ってきて。電話するところだったんだから」

「へ？」

よくわからないけど、レイプされてなくてホッとした。

タクシーで自宅アパートまで戻り、部屋のドアの前に行くと、由紀がスマホを持って立っていた。

メイクが乱れていない。服装も、白いブラウスにデニムをかっちり着こなしていて、こちらも乱れた様子がなくて、ホッとした。

「由紀姉」

と、駆け寄った瞬間だ。

思いきり、由紀にビンタされた。

「さいてーね、あんた。誰がセフレよ」

バレていた。

それはそうだろう。

富田が言わないわけがないのだ。

「ご、ごめん……で、でも違うんだっ」

「何が違うのよ。あの佳奈って子とヤリたいから、私をセフレとかウソついて連れ出したんでしょ。どうかしてるんじゃないの？　私、人妻よ。結婚してるのよ」

ものすごい剣幕だった。

「違うって！　そんなつもりじゃ……」

「じゃあどういうつもりなのよ、佳奈ちゃんとふたりで急に消えて。あんた、私のことを売ったんでしょ？　そんな軽い女に見えたんだ、私のこと」

由紀が真っ赤になって抗議してくる。

とりつく島もないとはこのことだ。

「そうじゃないっ……」

と、言い訳しようとして俊一は戸惑った。

由紀のことを「俺のセフレ」とウソをつき、自慢したのは事実なのだ。

「どうしたの？　言い訳できないんでしょ？　このスケベ」

はっきり言われて、カッとなってしまった。

「な、なんだよ。自分だってエッチなチャットに出てるくせにっ」

ハッとして口をつぐんでも、もう遅かった。

由紀がわずかに表情を強張らせる。

「な、何のことよ」

もう口に出してしまったのだ。いまさら引っ込められない。

それにもう……この際、はっきりさせたかった。

「……見たんだよ。由紀姉のチャットネームは《ユリ》でしょ。隠してもだめだよ。わかってるから」

もちろん「おっぱいが動かぬ証拠だ」とは言わなかった。

由紀は顔を青ざめさせている。

「証拠がないでしょ？」という風に反論してこないってことは、もう認めたのも同然だった。

そのとき誰かがやってくる足音がした。

アパートの住人か？

「と、とにかく……中に入って」

アパートの部屋の前で口げんかしているなんて体裁が悪すぎる。

ドアを開けて由紀を押し込んでから、俊一はドアを背にして鍵をかける。

アパートの狭い玄関の中、由紀が靴を脱ごうとして前屈みになった。

（おうわっ！　ゆ、由紀姉のお尻が……）

デニムのお尻がこちらに突き出されて、ドキッとしてしまう。

腰は細いのにヒップは丸々としていて、デニム生地を破らんばかりに張りつめている。

先日、由紀が酔っていたときにイタズラしてしまった記憶がよみがえる。

由紀のおっぱいや生マ×コまで見てしまったあの記憶が……。

(ゆ、由紀姉……ッ)

ガマンできなくなってきた。

3

ふたりでソファに座る。

神妙な空気がふたりの間に流れていた。

「……見たんだ、俊……あれ」

由紀が顔を赤らめて言う。

俊一は小さく頷いた。

「最初はわからなかった。だけど、似てるなあって思ってたんだ。そ、そんなとき……疑似フェラをしたからマスクが取れて、それで」

正直に言うと、由紀がイヤイヤした。

「あ、あれは……違うの……ちょっと魔が差したって言うか……」

「由紀姉があんなことしてるなんて、思わなくて」

俊一の言葉に由紀は厳しい顔をした。

「い、いいじゃない。俊には関係ないでしょう」

由紀がぴしゃりと言った。

完全に怒っている。

(あーあ、言うんじゃなかった)

後悔しても遅かった。

姉と弟のような関係を壊すつもりはなかった。

この前突然、姉貴と一緒にやってきて、迷惑したけれど楽しかったのだ。

「私がああいうことしてるから、じゃあいいかって……私をあんたの友達に売ろうと思ってたってわけね」

「ち、違うってば」

ムキになって返す。

しかし、由紀はもう完全におかんむりだ。

「何が違うのよ」

「違うよ。なんか、その……し、嫉妬したっていうか」

「嫉妬？　どういうこと」

由紀が怪訝な顔をする。

俊一は真っ直ぐに由紀を見つめる。

ここまできたらもう、という思いだった。

当たって砕けろ、だ。

「俺……由紀姉のこと、好きだから……だから……」

真剣な告白だった。

だけど、由紀は鼻で笑った。

「何をバカなこと言ってるのよ。私、結婚してるのよ。どうせ遙香ちゃんにフラれて、それであの十九歳の子とヤレるからって、私を差し出して……それで告白なんてどうかしてるわ。ヤレれば誰でもいいんでしょ？」

言われて、うっ、と何も言えなくなった。

前半は由紀のほとんど言うとおりだったからだ。

「でも……由紀姉への気持ちは本気なんだ」

真剣に言う。本音だった。

由紀はしかし、

「もういいわ」

と、立ちあがった。

「待って、まだ……」

思わず手をつかんでしまった。

その拍子に由紀がバランスを崩して、ソファに倒れ込んだ。

白いブラウス越しの乳房が揺れる。

腰は細いのに、デニムのお尻はパンパンだ。

頭の中で、あのチャットレディのエッチなフェラシーンや、先日の由紀姉をイタズラしたときの、色っぽい反応が駆け回っている。

「ゆ、由紀姉っ」

気がつくと、ソファに寝ている由紀を無理矢理に抱きしめていた。

「ちょっと！　何するのよっ」

腕の中で由紀が藻掻《もが》く。

（うわっ……由紀姉の身体……柔らかいっ……それにいい匂いっ）

二十八歳の人妻だ。

しかも姉の友人。

幼なじみで姉弟の様な関係。

すべてが壊れてしまう。罪悪感がすごい。

でも……。

でも……由紀を抱きたかった。

もうとまらなかった。

子どもの頃の記憶が蘇《よみがえ》る。

乱暴で勝ち気だったけど、あのときから美少女だと思っていた。

幼なじみの由紀とは、まるで姉弟のような関係だったけど、どこかで憧れのようなものがあった。

そして疎遠になってのだが、淡い憧れをずっと覚えていた。

「ゆ、由紀姉っ……好きなんだっ」

ブラウス越しの乳房を揉み、さらにはデニム越しのパンパンの太ももを撫で回す。

「ああん、だめっ！　俊、やめてっ」

抵抗してくる両手をつかみ、そのまま無理矢理に由紀の唇を奪っていく。

「ンンッ！」

由紀が腕の中で暴れた。

だが、そこまで本気の抗いではない気がする。

（い、いける、のか？）

おざなりの抵抗が、何を意味してるのかはわからない。

こちらを怪我させたくないと思っているのか。

はたまた……あまり夫婦関係はよくなさそうだから、身体の奥底では寂しいと思っているのか……。

わからないが、そんなことはもうどうでもよかった。

いけないことだとはもちろん理解している。

だが、もう頭が痺れきっていた。

「だめっ、だってば……わ、私……結婚してるってばっ」

由紀がキスをほどき、慌てて訴えてきた。

「知ってるよ……由紀姉っ……でも、俺……もう……」

押さえつけながら、俊一は由紀の白いブラウスのボタンを外していく。

「俊っ！　いやっ！　わ、わかってるの？　自分が何をしてるか？」

由紀が睨んでくるも、もう興奮は止まらない。

「わかってる。でも、ガマンできないんだ」

由紀の顔を押さえ込み、再び無理矢理に唇を奪った。

「ンンッ！」

由紀がいやがり、唇を外した。

「ねえっ……わ、私……人妻なんだってばッ……」

「だけど由紀姉、エッチなチャットに出たり、このところずっと飲み歩いたりして、寂しいんでしょ」

俊一は由紀のブラウスをはだけさせて、白いブラジャーに包まれた大きなふくらみをぐいぐいと揉みしだく。

「ひどいわ、俊ったら、ああんっ……」

抗いの言葉を口にしつつも、由紀の声には甘ったるく媚びたものが混じってくる。

やはり人妻だ。

おそらく、いやがっていても身体が欲しがっているんだ。

白いブラ越しに、さらに指を食い込ませていくと、

(うおっ、由紀姉のおっぱい、やっぱデケえ！)

大きすぎて、つかみきれなかった。

興奮しながら、下からすくうように揉みしだいたり、たぷたぷと中央に寄せたりする。

(ああ、こんな柔らかいんだ。あのとき……深夜にイタズラしたときも思ったけど……やっぱりすごいっ)

寝ている由紀の乳房を触った、すさまじい興奮が蘇ってくる。

鼻息を荒くして、さらに揉みしだく。

すると、

「ああんっ……だめっ……俊っ」

由紀の瞳が潤んで、せつなそうに見つめてくる。

幼なじみであり姉弟のような関係だった。

そんな関係がもろくも壊れるようなことをしている。

由紀がつらそうにしているのはわかる。

だが、由紀の泣きそうな表情を見ていると、いけないこととわかっていながらも妙な興奮が宿ってきている。

それに加えて、だ。

由紀にもどこか欲しがる様子が見える。

これは、何人かの人妻を抱いた俊一のカンのようなものだ。きっと、童貞のままだったら、由紀の微妙な心の揺れがわからなかったに違いない。

（きっと、由紀姉だって……ヤリたいんだっ）

自分に都合のいいことを考えながら、由紀の濡れた唇に、再び口をかぶせていく。

「むふン、ンフッ……ンンッ」

くぐもった叫びを漏らす由紀を抱きしめ、逃げようとしても角度を変えて、キスを続けていく。

由紀の唇はとろけそうなほど柔らかかった。

こんなエッチな唇をしていたのかと、欲情した気分が加速する。

キスしながら、ちらり下を見る。

白いブラに包まれた巨乳に、セクシーにくびれた腰、意外にムッチリした太もも……まばゆいばかりの妖艶なボディがある。

(くううっ、由紀姉、いい身体してる)

たまらなくなり、ブラカップをズリあげる。

たゆんっ、と揺れ弾む乳房に、俊一は目を見張った。

大きいばかりではない。

仰向けでも崩れるどころか、ツンと上向いたおっぱいの美しさに、キスをやめて、マジマジ見た。

「いやっ、見ないでっ」

由紀が隠そうとするので、その手をつかんで引き剥がす。

「だめだってばっ、俊っ」

「な、なんでだよ。すげえキレイなのに……由紀姉のおっぱいってこんなに美乳なんだ……乳首も薄ピンクでっ」

「ばかっ、言わなくていいからっ……もうっ……あンッ！」

非難してる最中に、由紀が真っ赤な顔をしたまま、ビクンと跳ねた。

俊一が、その薄ピンクの乳首を舐めたからだった。

(うはっ……由紀姉の反応……色っぽすぎるっ)

乳首を舐められただけで、こんなにいやらしい姿を見せてくれるなんて。

ますます興奮し、おっぱいに口をつけてチューーッと吸い上げると、

「あっ……あっ……」

いよいよ由紀は、ハアハアと息を喘がせはじめた。

その唇をキスで塞ぐ。

今度は舌を差し入れた。

「ンっ……！」

由紀がビクンッとして、身体を強張らせる。

だが、先ほどまでのような抵抗はない。

何度もキスをせがんだので、観念したのか。それとも、乳首を舐められたことで抗う気力が薄れたのか。

わからないが、とにかく抵抗しないならと、由紀の甘ったるい口内を必死に舐め回していると、

「ンフッ……ンンッ」

今までいやがっていた由紀の鼻奥から、悩ましい声が漏れてくる。

（い、いける……）

俊一は、口の奥で縮こまっている由紀の舌をからめとる。

さらに欲望にまかせて由紀の口内にツバを流し込み、いやらしく、ねちゃねちゃと音を立てて舌をからませながら、深いキスに没頭する。

（ああ、甘い……由紀姉のツバ、甘いよっ）

キスをしながらおっぱいを揉み、しこった乳首をキュッ、キュッとつまみあげ

る。

するると、

「んうん……うふんっ……」

由紀の鼻から抜ける声が、ますます甘ったるくなっていく。

しばらくねちっこいキスと愛撫を続けていると、ようやく由紀の身体から力が抜けていく。

俊一は由紀のおっぱいの感触を楽しみながら、くちゅ、くちゅっ、と由紀の口の中をさらに激しくまさぐり、抱擁を強めていく。

するとだ。

わずかながらも、由紀の方から恥ずかしそうに舌をからめてきた。

（おうう……たまらないっ）

とろけるような甘いベロチューだった。

何度も濃厚なキスを交わしてから、俊一はようやく唇を離す。

「ああんっ……」

由紀の瞼が半開きになる。目の焦点が合っていなかった。

激しいキスを物語るように、口と口の間に唾液の糸が垂れ、ふたりとももう汗まみれになっている。

ここまできたら、という思いだった。

俊一は自分のズボンとパンツに手を掛ける。

4

もうガマンできない。

俊一はズボンとパンツに手を掛けて一気にズリ下ろした。

勃起が跳ねるように飛び出てくる。

今までに見たこともないような勃ちっぷりだ。

切っ先はガマン汁で濡れている。

とろけていた由紀だったが、俊一のペニスを見てハッとなり、顔を真っ赤に染めてソファの上で身をよじる。

「だめよっ、俊。これ以上したら、私たちホントに……」

抗い、泣き顔を見せてくる。でも……もうここまで来たのだ。

「一度だけでいいんだ。由紀姉、あんなエッチなチャットしてるのバレたくないでしょ」

ひどい脅迫だ。自分でもイヤになる。

それでもヤリたかった。

由紀はハアッとため息をついてから、

「ああん、こんなのいやっ……なんであんたの性欲処理に使われるのよっ」

涙目で睨んできた。

怖かった。

しかし、もうこっちもギンギンなのだ。

「そ、そんなつもりじゃないって」

「じゃあ、どういうつもりよっ」

由紀が両手で押しのけようとする。

どうにかして、この手を……と思っていると、脱いだズボンのベルトが目に入った。

（いや、でも……そんなことしたら、もう取り返しが……）

だがヤリたかった。

ズボンからベルトを抜くと、抗う由紀の手首に巻きつけていく。

「ちょっと……な、何よ、何するのよっ」

さすがに睨んでいた由紀も、怯《おび》えた顔を見せて必死に抗ってくる。

だがそうはさせまいと、強い力で由紀の両手首を身体の前でひとつにして、ベルトで本気の拘束をした。

「ああン……し、縛るなんてっ。このヘンタイッ」

由紀は真っ赤になって睨みつけてくる。

「だっ、だって、邪魔だし。だ、大丈夫だからっ……すぐすむからっ」

必死に言い訳にならないことを言いながら、由紀のデニムのボタンを外して脱がそうと試みる。

「ああんっ……だめってばっ」

反抗するも、由紀の両手の自由を縛ったのは大きかった。

叩かれるくらいならガマンできる。

ぴったりしたデニムだったが、ずるずると引っ張っていくと、やがてブラとおそろいの白いパンティに包まれた、ムッチリした下腹部が見えた。

「いやっ。いやよ。脱がさないで……」

抗う由紀が、なんとも扇情的だった。

たまらなくなって、由紀のデニムを爪先から抜いて、白いパンティも乱暴に剥ぎ取った。

これで由紀は、白いブラウスをはだけたまま、下はすべて脱がされてしまい、すっぽんぽんだ。

「ああんっ、バカッ」

罵りながら、由紀姉は恥ずかしいところを見られたくないと身体を丸める。

だが両手を縛られていては抵抗もままならない。

俊一は由紀を組敷きながら、強引に両足を開かせる。

「だめっ、見ちゃ、だめってばっ、こらっ……俊っ」

由紀が顔を振りたくり、ベルトで拘束された手で恥部を隠そうとする。

その手をつかみ、押さえつける。

そして、由紀の恥ずかしい部分を凝視した。
(こ、これが由紀姉の……おま×こかっ……)
薄暗闇では、ここまではっきり見えなかった。
深い肉溝の内側は、薄紅色のフリルで縁取られていた。
やはりキレイだ。
とても人妻のものとは思えない。
それにだ。
ワレ目はすでに濡れそぼっていた。
ぬらぬらした愛液がたっぷりとしたたり、由紀の膣内をいやらしいほど濡らしている。
(ウ、ウソだろ……乱暴されて濡らすなんてっ)
驚いて、由紀の顔を見た。
「違う、違うの……」
由紀は泣きながら、かぶりを振りたくっている。
濡れているということを、本人もわかっているようだ。

「違うって言って……濡れてるのはホントだろ。由紀姉っ」

「いやあ、違うのよ……お願いだから見ないで……」

由紀の声が弱々しくなっていた。

あの勝ち気な由紀が、羞恥《しゅうち》にまみれて顔を真っ赤にしている。

(た、たまんないよっ……もうっ……)

見つめていると、挿入《い》れたくなってきた。

夢中になって、屹立を由紀のワレ目に押しつけていく。

「ちょっと！　ばかっ、ああっ！」

正常位で腰をググッと進めていくと、肉先が姫口を大きく押し広げて蜜壷にめり込んだ。

「はあああっ、いやっ、いやああ！」

由紀が叫んだ。

と、同時に白い喉が突き出され、スレンダーでグラマーな肢体が波打つようにそり返った
「やああんっ……俊が私の中にいるっ……ああん、ぬ、抜いて」

私の中にいる。

なんという刺激的な言葉なのか。

(ああ、ついに由紀姉とひとつに……ウソみたいだ)

罪悪感がこみあげてくる。

こんなに無理矢理したくはなかった。

弟みたいな男にヤラれて、由紀の気持ちはつらいものがあるだろう。

だけど。

由紀は人妻で、こちらを恋愛対象なんて見てもくれない。

だったら、もうこのチャンスを逃したくなかった。

「ごめん……由紀姉ッ……」

挿入しながら謝ると、由紀が赤らんだ恥じらい顔で、眉をひそめて見つめてくる。

「あ、謝んないでっ……だったら、もう抜いてっ……私、こんな風に無理矢理なんて、あんたとしたくないのっ。するならちゃんと……」

「いやだよ。だって、由紀姉だよ。由紀姉とひとつになれたんだ。う、うれしくて……」

「何を言ってるのよ、あっ、いやっ」

つらそうな泣き顔を見せられても、もうだめだった。

幼なじみのあの生意気で勝ち気な由紀とセックスしている。信じられないという思いと背徳感で興奮してしまう。

「由紀姉っ……」

名を呼んで、軽く腰を動かしただけで、ヌルヌルとして温かな襞が押し包んでくる。

腰がとろけてしまいそうな快楽に、俊一はうっとり酔いしれてしまう。

（くうう、気持ちいい……）

中はぐじゅぐじゅで、温かくて、締め付けが心地いい。

由紀をもっと味わいたいと、根元までペニスを突き刺した。

「あああッ！」

由紀が大きくのけぞって、全身を震わせる。

その様子がかなりいやらしかった。

もっと突いた。

「アアン、いやあっ……ぐすっ……」

由紀が、すすり泣きを見せてくる。

だが、そんな泣き顔を見せてきても、少しずつだが由紀が翻弄されているのがわかる。

泣きながら、腰が揺れてきているのだ。

（やっぱり寂しくて、男が欲しいんだ。だったら……）

もっと感じさせたい。

俊一は由紀の拘束した両手をつかんで頭の上でバンザイさせ、その手を片手で押さえつけながら、もう片方の手で乳房を揉みしだく。

「あンッ……ダ、ダメッ…だめってばッ……はあああんっ」

乳首をいじられるのは弱いようだ。

ついに泣いていた由紀の口から、媚《こ》びいった声が漏れてくる。

その声が恥ずかしかったのだろう。

顔を横にそむけて唇を噛みしめても、目の下がねっとり赤らんでいる。

（せめて感じた顔を隠そうとしているのがいじらしいな……でも、感じてきてるぞ、間違いない）

俊一は射精をこらえて、馴染《なじ》ませるようにゆっくりピストンする。

すると、

「う、ううんっ……あああんっ」

いよいよこらえきれないといった感じで、由紀が腰を動かしてきた。

いつしか泣き顔は、眉間に悩ましい縦ジワを刻んだ、セックスにとろけた表情に変わっていく。

ペニスを奥まで押し込む。

奥から花蜜があふれ出してくる。

（す、すげえ……）

締め付けがますます強くなる。

気持ち良すぎて、ゆっくりなんてできなくなって、いよいよ腰を激しく打ちつけた。

「あん、だめっ！」

と、言いつつも由紀の腰がついに激しく動いてきた。

膣が締まって、生々しいセックスの匂いが強くなっていく。

「ああン、あんッ……俊っ……私……私……」

由紀が真っ直ぐに見つめてきた。

抗うどころか快楽に翻弄されて、戸惑っている。

うれしかった。昂ぶった。

さらに突くと、もうどうにもならないようで、由紀からしがみついてきた。

「ああっ……ああんっ……はあああんっ……」

由紀の全身が汗ばんで、いやらしい匂いを放っていた。

こちらももう汗まみれだ。

ぬるぬるした身体をこすれ合わせ、大きく開いた股の奥に、ペニスを何度もめり込ませる。

「由紀姉っ、気持ちいい？」

とろけ顔の由紀を見つめて訊けば、汗まみれで真っ赤になった由紀が、小さく頷いてくれた。

（や、やったっ……感じてくれてるっ）

俊一は猛烈に勢いで抜き差しを続け、カリ首と由紀の肉襞をしつこいほどにこすり合わせていく。

「あアン……そ、そんなにっ……そんなにしたらっ……私……私……」

由紀が真っ直ぐに見つめてきた。

おそらくイキそうなのだ。

その表情がたまらなくいやらしく、俊一も一気に追いつめられた。

「くうう、由紀姉っ……お、俺も……イキそうっ」

射精の前の甘い陶酔で、全身が震えた。

「えっ？　ダ、ダメッ……ダメよっ、そんな」

由紀はハッとして抗う。

人妻に中出しは当然ながら、アウトである。

だが……もうガマンの限界だった。

「だ、だめっ……無理っ……」

かすれ声で訴える。

「そ、そんなっ……だって……ああんっ……ああんっ……だめってばっ……はアアンッ」

スパートをかけると、由紀がギュッと抱きついて震えてきた。

「ねえ、ゆ、由紀姉っ……いい？」

キスして、おねだりした。

由紀はつらそうな顔をして、キッと睨んでくるも、快楽にとろけてしまったのか顔をそむけて、

「す、好きにすればいいじゃないっ……あっ……だめっ……私……ッ」

怒っているも、一応は中出しＯＫだ。

（ごめん、由紀姉ッ）

ひどい男だと思う。

だけど、もうどうにもできない。

「由紀姉っ……ああ、で、出るっ……ぐううっ！」

身体が強張った。

切っ先から、由紀の中に放たれていく。

爪先から頭のてっぺんまで電流が走り、頭の中が真っ白になる。

「はあああっ、熱いっ、ああんっ……」

由紀がまたしがみついてきた、
今度は抱きついたまま、腰をガクン、ガクンと激しく痙攣させてきた。

(イッ、イッた？　由紀姉もイッたんだ……俺に中に出されて、そのままアクメしたっ！)

やがて射精が収まり、ペニスを抜いた。

由紀はハアハアと息を弾ませながら、宙を見ていた。

「……由紀姉……」

声をかけても、由紀は動かなかった。

やがて、由紀はのろのろと起き上がると、無言で股間をティッシュで拭《ぬぐ》った後、脱ぎ捨てられた服をいそいそと着るのだった。

第五章　憧れのマドンナは寂しい人妻

1

由紀と関係を持ってから三日経っても、ぬくもりが忘れられなかった。

《俊、今日のことはもう忘れて》

セックスした後にこう告げられてから連絡は一切ないのだか、日に日に思いは募るばかりである。

相手は姉の友達で幼なじみ。しかも人妻。

好きになってはいけない。

そう思うのに……彼女の匂いや身体の柔らかさなどを思い出すと勃起してしまう。

(ああ……でも、まずかったよなぁ……あれじゃあ、ほとんど襲ったようなもんだもんな)

富田にレイプされなくてよかった。

そう思いつつも、無理矢理したんだから同罪だ。

由紀との関係が壊れるよりも、セックスしたいと思ってしまったのだから情けない。

そんなことを悶々と考えつつ、仕事に出かけないといけないなあと、準備していたときだった。

スマホが鳴った。

表示を見れば高校時代の友人、秋野昌夫《あきのまさお》からであった。

「なんだよ、秋野か。久しぶりじゃないかよ」

秋野とは高校時代、結構つるんでいたものの卒業して疎遠になっていた。

電話も七年ぶりくらいである。

「久しぶりったって、おまえが地元に帰ってこないんやから悪いんやないか。薄情やで」

スマホから秋野の名古屋弁とも関西弁ともとれない、おかしなイントネーションが聞こえてきて懐かしい気持ちになる。

俊一は名古屋の地元の友達とはあまり会っていなかった。

いつでも会えると思うと、意外になかなか会わないものである。

「いや、すまん。でも懐かしいな。どうした？」

「どうしたじゃないよ。明日の同窓会、俊一はどうするんだよ」

「明日？」

ハッとした。

メールで案内が来ていたのをすっかり忘れていたのだ。

高校三年の時の担任が定年になり、クラスで久しぶりに集まらないかと書いてあった。

プチ同窓会である。

「香織《かおり》も俊一に会いたいって言ってるんだ。来るだろ」

さらりと言われて、ちょっと心の古傷が痛んだ。

秋野は、高校のマドンナであった若月《わかつき》香織を射止めた男として、仲間内で嫉妬の対象になっていたのである。

俊一も香織のことを好きだったから、結婚の話を聞いて結構ショックを受けたものだ。

仕事にかこつけて結婚式に出なかったくらいショックだった。

だが、さすがに七年も経てば嫉妬も薄まる。

何よりも二十五歳の若月香織に会ってみたかった。

というわけで、久しぶりに会場である居酒屋に行き、高校の同級生と会ってみたら、みな変わってなかった。

まあ七年くらいならそうは変わらないだろう。

ただ、バカを言い合っていた悪友たちが、真面目に社会に出て働いていると聞いておかしくなった。

「なんか変わったな、おまえ。堂々としているっていうかさあ」

同じテーブルにいた友人に、そんなことを言われた。

「けっこうな病気をしたって聞いてるけど、それでかな？」

別の友人にも言われた。

ガンになったことは隠しているから、みなそこまで深刻な顔をしないのでホッとしていたのだが、「好きなように生きる」を実践していたことで、何かが変わったと言われるのはうれしかった。

（もしかしたら、人妻や、人の女といい雰囲気になるのは、それもあるのかなあ）

隣家のギャル妻、カノジョの母親、友人のセフレ。

今までの奥手な自分だったら、キレイだなと思って終わりだったのだが、相手から甘えてこられるっていうのは、きっと頼られているんだなと思う。

おそらくだ。

自由に生きようと決めたことで、余裕が生まれたのだろう。

その余裕が自信につながったのだ。

だが、由紀姉の場合は、その自信が裏目に出てしまったのだが……。

テーブルに座って飲んでいると、ふいに美人が隣に座った。

あっ、と思って一気に身体を熱くしてしまう。

「山形くん。久しぶりね」

若月香織は、あの頃の可愛いまま……いや、さらに美しさに磨きがかかっていた。

（わ、若月……想像していたよりさらにキレイになってる）

くりっとした黒目がちな丸い目に、ポニーテールの似合う瓜実顔《うりざね》。

あの頃の可愛らしいままに年相応の大人の色気を身につけ、いい女になっていたからたまらない。

俊一は心の中でひたすら、落ち着け、落ち着けと繰り返す。

「ひ、久しぶりだな。若月」

緊張を悟られぬように話すと、若月は上目遣いにこちらを見ながら愛らしく笑った。

「若月って言われるの、懐かしいわ。女子はみんな、香織って呼ぶし」

「そうだな。もう秋野香織さんだもんなあ」

「山形くんも香織でいいよ」

上目遣いに甘えるような仕草は、あのときのままだ。

透き通るような白い肌も変わりない。

だが、ひとつだけ大きく違うのは、小柄でスリムなのに、おっぱいやお尻がふくよかになっていたことだ。

シックな黒ワンピースの胸元は悩ましく隆起し、腰からヒップにかけての曲線からは人妻の色香をムンムンに漂わせている。

(くっそー、秋野め。このおっぱいを毎晩揉んでるんだろうなあ)

眠っていた嫉妬がふつふつと湧いてくる。

正直、会うんじゃなかったと思い始めていた。

由紀姉のことがあって、少しは反省していたというのに、また人妻に食指を動かしてしまうなんて最低だ。

と思うのだが、他にもキレイな子はいるのだが、どうにも香織ばかりが気になってしまう。

そんな中、一次会はお開きになり、二次会に行くことになった。

香織は二次会に行かないというので、ちょっとだけ寂しい思いをしていたのだが、二次会が終わり、

「なあ、よかったらウチに来ないか」

と、秋野に誘われて、また香織に会えると思って、乗ってしまった。

ホントにつくづく自分はスケベだと思う。

まあ、欲望のままに生きると決めたのだから、これでいいのか。

2

「いらっしゃい。山形くん」

秋野の家に行くと、先に帰っていた香織が玄関に出てきた。

思わず、見とれてしまう。

風呂に入ったのだろう、タオルで髪を巻いて、湯上がりでほんのりピンクに上気した白い肌を薄手のパジャマが包んでいた。

ふわっと甘い匂いがして、クラクラした。

やはり可愛い。

またムラムラと嫉妬してしまう。

「ちょっと待ってて、晩酌《ばんしゃく》の用意するから。簡単なのしかできないけど」

「いいよ、そんな。こんな夜中にいきなり夫婦の家にお邪魔したんだから、何も出さなくて」

俊一はそこまで言って、言葉を切った。

香織がパジャマの尻を悩ましく振りながら、戻っていったからである。

パジャマの薄布越しにヒップの丸みが露わになっていた。

いいケツしてる、と、かなり酔っているにもかかわらず欲情してしまう。

(いかん、友達の奥さんだ)

いったん落ち着こうと俊一は「手を洗わせてくれ」と伝え、洗面所の場所を秋野に訊いた。

教えられたままにリビングから出て、廊下の右手の扉を開けると洗面台と脱衣所があった。

(あっ、そうだった)

むわっとした蒸気が身体を包んでくる。

香織が風呂に入っていたのを忘れていた。

一気に身体が熱くなる。

(こ、ここで、香織は裸になって……風呂に入って、着替えて……)

妄想していると、股間がムズムズしてきた。

(いかんっ……)

早く手を洗って出ようと思ったときだ。

ふいに洗濯カゴを見てしまい、俊一は戸惑った。

（わ、若月の脱ぎたての下着っ……！）

先ほど着ていて黒いワンピースがきちんと畳まれて、その下にちらりと薄ピンクのブラジャーとパンティが見えてしまっている。

いけないと思うのに、じっと見てしまう。

レースのついた可愛らしいデザインの下着だ。

勃起を直そうとしていたのに、ますます股間が滾《たぎ》ってしまう。

いよいよ友人の奥さんに欲情しながらリビングに行くと、すでに秋野はかなり飲んでいて、楽しそうだった。

「おおっ、俊一っ……ほら飲もうぜ。積もる話もあるしさあ」

と、威勢が良かったのだが、すぐにうつらうつらとし始めたので、香織が付き添って寝室に連れていったのだった。

「久しぶりに山形くんに会ったから、あの人、うれしそうだったわ」

秋野を寝かせたあとに香織が戻ってきて、ふたりで飲み直しながら、そんなことを伝えてきた。

「そうかあ……でも夫婦仲が良さそうで、うらやましいよ」

本当はうらやましいどころではなく嫉妬しまくりであるが、もちろんそんな気持ちはひた隠しにして軽口を叩く。

ところがだ。

香織はワインのグラスをテーブルに置くと、小さなため息をついて深刻な顔をした。

「仲がいい……のはいいんだけどね……でも、山形くんだから言っちゃうけど、浮気したの、彼」

「ええ？」

かなり驚いた。

「ホントなのかよ、それ」

「……うん。メール見ちゃったし、残業とかも増えてきたときがあったし」

信じられなかった。

ここまで可愛い奥さんがいながら浮気するとは。

「まだ結婚して三年だろ」

「うん。だけどその前からずっとつき合ってたしね。長くなるといろいろあるの。だから彼とはセックスレスだし……」

俊一はさらに驚いて目を見開いた。

どうやら香織は顔には出ていないが、結構酔っているらしい。

こんなあからさまに性生活のことを口走るなんて、よっぽど欲求不満なのだろう。

(まあ高校の元同級生なら、しゃべりやすいのかな)

そんなことを思いつつ、

「信じられないな、こんな可愛い奥さんがいるってのに」

ストレートに言うと、香織が顔を赤らめたので、びっくりした。

「やだ、山形くんってそんなこと言う人だっけ?」

「え? ああ、いや……ホントだよ。こっちも言っちゃうけど、マジで秋野がうらやましいと思ってたんだからさ」

「ホント、それ?」

「マジだよ、マジだって……嫉妬しちゃったんだよなあ」

と、冗談っぽく言うと、香織がうれしそうにしたのでホッとした。

「でもさあ、まさか別れるなんて……」

「ううん、それはない。浮気したのは少し前だし、今は続いてないみたいだから」

「秋野、いいやつだぜ」

「うん……わかってる」

香織がニコッと笑ったので、俊　は胸を撫で下ろした。

「山形くん、ちょっと変わったね。病気したって訊いたけど……」

また言われた。

「みんな言うけど、そうかなあ」

「うん……なんか話しやすくなったっていうか……」

「なんだよ、昔はとっつきにくいやつだったみたいじゃないか」

「そうよ。ちょっと怖い雰囲気だったもん」

ふたりで笑った。

（さあてと、そろそろかな）

帰ると言ったのだが、香織に泊まっていってと足止めされてしまった。

風呂も用意していると言われて厚かましいかなと思いつつも、風呂を借りることにした。

脱衣場に行くと、洗濯カゴの香織の下着は、服に紛れて見えないようになっていた。

（しかし驚いたな、秋野が浮気か……）

湯船に浸かりながら、俊一はふうと息をついた。

衝撃の告白だった。

夫婦というものはわからないものだ。

仲がよくても、どこか問題がある。

（まあ長いこと一緒にいれば、どこか狂ってくるよなあ）

だからこそ、人妻は夫ではない誰かに甘えたくなるのだろう。

さてそろそろ身体を洗おうかと湯船から出て、洗い場の椅子に座ったときだった。

磨りガラスのドアの向こうに人影が見えて、ん？　と思った。

シルエットで香織だとわかったのだが、何をするかと思っていたら、いきなり服を脱ぎはじめたので、ギョッとした。

(ここで着替えるのか?)

と思ったのだが、香織は風呂に入ってパジャマに着替えている。

じゃあなんで……と思って見ていると、磨りガラス越しにも香織が素っ裸になったのがわかった。

俊一の息は止まりかけた。

(わ、若月、何してるんだ? 裸になんかなって……)

扉が開いたので俊一は咄嗟《とっさ》に勃起を両手で隠して、椅子に座ったまま、くるりと扉に背を向ける。

「な、なんだよっ」

動揺しまくりつつ、ちらりと肩越しに背後を一瞥《いちべつ》する。

香織がバスタオル一枚という姿で立っていた。

おっぱいや陰部はタオルで隠していて見えていないものの、なで肩や、むっちりした太ももが露出している。

「ウフッ……うれしい？　背中を流してあげようかなって」

香織が明るい声で言ってきた。

（ど、どういうつもりなんだよ）

俊一は風呂椅子に座り、前を向いたまま返事をする。

「そりゃあ、あ、ありがたいけどさ……」

「なあに困ったような声を出してるのかしら」

ぴたりと背中に手を置かれて、俊一はビクッと身体を震わせる。

「いや、でもさ……元クラスメイトで友達の奥さんって言ってもさ、俺も男だぞ。そんな格好で入ってきたら襲いたくなる」

「あら。ウフフ。私のこと、そんな風に思ってたんだ。嫉妬したっていうのはホントみたいね」

香織の泡にまみれた手が背中を撫でてきた。

「お、おい。スポンジとかは？」

「いいのよ。手の方がしっかり洗えるでしょう。それより、私のこと襲いたくなるだなんて、気をつかってくれなくても」

「え……本気だよ。だって高校時代から好きだったんだもの」

彼女の手がぴたりと止まった。

(あーあ、酔った勢いで言っちゃったよ)

思わず口走ったことを後悔するも遅かった。

「やだ、ウソ」

「い、いや、ホントのホントさ」

ここまできたら、ずっと言えなかったことを言いたくなった。

「体育の時とかさ……その……若月の胸が揺れてるのを観察したり、授業中の横顔とか見とれてたり」

香織はしばらく沈黙してから口を開いた。

「わからなかったわ。そんなこと」

「隠してたからな。へんに意識されるより友達でいたかったんだ……だから言っただろ、嫉妬したって」

すべてを話してしまうと、香織の手が動かなくなってしまった。

(いまさらそんなこと言われて、気持ちわるかったよなあ)

なんて、冗談だよと言おうと、肩越しに振り向いてみれば、しかし香織は優しい笑みを見せて、バスタオルを剥ぎ、全裸になってギュッと背後から抱きついてきた。

「うわっ！　おい……」

「ウフフッ。じゃあ、こういうのも、うれしいわけよね」

ふにょっとしたおっぱいの感触が伝わってくる。

勃起がさらに硬くなる。

背中から抱きついていた香織がクスクスと笑いながら、腋《わき》の下から手を差し入れ、勃起に触れてきたので驚いてしまった。

3

「お、おいっ！」

俊一は狼狽えた。

高校時代は清楚な美少女だった……憧れのマドンナだった……そんな彼女のし

なやかな手が、自分の勃起にいやらしくからみついている。

夢を見ているようだ。

勃起がビクッと震えて全身が熱くなる。

「ウフッ。うれしい？」

背後から香織の甘ったるい呼気が耳をかすめる。

ゾクゾクした痺れが腰に宿り、陰茎をさらに硬くしてしまう。

うれしいが大胆すぎる。

旦那は寝室にいるのである。その友達にいやらしく迫ってくるなんて……。

「な、何してるんだよ。だめだってこんなの。酔ってるのか？」

「酔ってるわよ。でも意識はちゃんとしてる。あん、すごい。山形くんのビクビクしてる」

香織はウフフとイタズラっぽく笑い、しなやかな指で充血した肉茎の根元から敏感なカリ裏までシゴいてきた。

「くうううっ！　ちょっ、ちょっと……」

大いに焦った。

（あの清楚な美少女が、こんなエロいことをしてくるなんて……！）

きっと秋野には毎晩のようにしてあげているのだろう。

いや、もしかすると手コキも秋野に仕込まれたのかも知れない。

そう思うと猛烈に嫉妬すると同時に、寝取ってやりたいという淫らな気持ちも湧いてくる。

（こんな可愛い奥さんがいながら、浮気なんてするんだ。天罰だ。このましてもらおう）

気持ちよくて、いてもたってもいられなくなってきた。

「わ、若月っ……ちょっと待って、やばいって」

「え？　だって、いやじゃないんでしょう？」

「そ、そうだけど」

「ならいいでしょ。ウフフ……」

振り向くと、香織はもう一度ボディソープを手につけて、今度は性器や背中だけでなく、俊一の腕を上げさせて腋の下までもこすってきた。

身体がしゃぼんまみれになって、ボディソープのいい匂いが漂う。

「な、なんか、男を洗うのうまいな……」

「やだ。何言ってるのよ、エッチ」

と、香織が怒ったように言って、さらにギュッと背中を抱きしめてくる。

「おおお！」

背中に乳首の感触を受けて、男根はますますいきり勃つ。

ボディソープを身体に塗っているのか、香織のおっぱいがぬるぬるして、そのまま背中をなぞってくるものだから、脳みそが蒸発しそうなくらいに興奮してしまう。

（こ、これ、ソーププレイじゃないかよっ）

あまりの心地よさに全身の毛が逆立った。

陰茎は痛いほど硬度を増す。

「くうう、お、おっぱい、すごいな。でかくて興奮するよ」

「やぁん、洗っているだけよ……ウフフッ」

香織が、泡まみれの乳房で俊一の背中に円を描いてくる。

（これ絶対誰かに仕込まれてるよな）

清楚な美少女だった同級生に、こんないやらしいことを教えるなんて。

もしそれが秋野だったら許せない……と思うのだが、ぬるぬるソープの乳房で洗われていると、そんな嫉妬もどこかにいくほど気持ちよくて嫉妬も怒りもすべてとろけてしまう。

「ねえ、気持ちいい？」

耳元で彼女がささやいてくる。

「あ、ああ……たまらないよ。でも、こんなことしていいのか……？」

背後にいる香織が静かに言った。

「私だって、甘えたいときがあるわ。一回だけ……そうすれば私も彼の浮気を許せる気がするの。ねえ一回だけ。私のしたかったことさせて、お願い」

哀願されると、もう断れなかった。

というか、もう断るつもりなんかなかったけれど。

「……わかったよ」

小さく頷く。

（まさか、あのマドンナが……俺としたいだなんて……）

くりっとした黒目がちの大きな目に、今はタオルで巻き上げている、さらさらの栗髪。透き通るような白い肌。

アイドルばりに可愛い奥さんなのに浮気するなんて。

ますます秋野のことが許せなくなってくる。

と、思っていると、香織は再びボディソープで自分の裸身を泡まみれにしてから、前にまわって風呂椅子に座る俊一の足の間に入ってきた。

「お、おいっ……」

真っ正面に、素っ裸で泡まみれの香織がいる。

あまりの光景に唖然《あぜん》としていると、香織が前からギュッと抱きついてきた。

「うおおお……！」

思わず叫んでしまった。

ぬるぬるした肌と肌が密着する気持ちよさ。

さらに香織の乳首の尖りが、俊一の乳首にこすれて心地よさを倍増させていく。

「んぅうっ……んんっ」

鼻奥で悶え声を漏らしながら香織は俊一を抱きしめて、伸びあがるように弾む乳房を俊一の身体にこすりつけてくる。

「ウフフ。どう？　こうして洗われるのは」

「くううう……すげえよ、気持ちよすぎるっ！」

たまらなくなり訴える。ますます勃起して、その硬くなったイチモツを身体で感じたのだろう、香織が上目遣いに見つめてきた。

大きな瞳が濡れている。

もうしたくて仕方がないと、その目が伝えてきたので、俊一はもうガマンできなくなった。

4

高校時代の憧れだったマドンナが今、風呂椅子に座った俊一の足に間に入って、ソープまみれの身体で抱きついてきている。

信じられなかった。

頭が沸騰するほど興奮して、まっすぐに香織を見つめる。

彼女も濡れた目で見つめ返してくる。

《私だって、甘えたいときがあるわ。一回だけ……そうすれば私も彼の浮気を許せる気がするの。ねえ一回だけ。私のしたかったことさせて、お願い》

先ほど訴えてきた彼女の言葉が俊一の胸に突き刺さる。

「山形くん……」

彼女は形のよいアーモンドアイを細めて、欲情を生々しく伝えてきていた。

(若月……ああ、ホントに寂しいんだな……)

ヤレるっ……。

ヤレるんだ。

俊一の心臓がますます早鐘《はやがね》を打つ。

高校のとき、幾度となく香織の裸を想像して、いやらしい夢を見たことだろう。

その妄想が今、七年の歳月を経て現実のものとなりそうなのだ。

(秋野に浮気されて可哀想だもんな。やるしかない。秋野が悪いんだ)

今までの俊一なら、ためらっていただろう。

だが大病して俊一は生まれ変わり、欲望のままに生きたいと思うようになった。

「ウフッ、私に入れたいって、オチン×ンがビクビクしてるわ」

香織が抱きつきながら、耳元で過激なことをささやいてきた。

タオルを巻いた栗色の髪から、甘い匂いが漂ってくる。

もう止まらなかった。

「……わ、若月ッ！」

ギュッと小さな背を抱きしめて、勢いのままに唇を重ねる。

（わ、若月と……キスしてる……ッ）

憧れの人とついに口づけを交わした。

猛烈な興奮で頭がおかしくなりそうだ。

夢中になって、香織に何度も唇を押しつけると、

「んふんっ……ううん」

すぐに香織から舌をからませてきたので、もう遠慮はいらないと俊一も舌をからめて深いキスに溺れていく。

（ああ、若月とベロチューしてるっ）

高校時代の憧れの美少女だった香織と、素っ裸で抱き合いながらディープなキ

スをしている。

たまらなかった。

風呂椅子に座ったままの姿勢で、膝立ちしてきている香織をギュッと強く抱きしめた。

(腰はこんなに細いのに、おっぱいだけデカい)

俊一の胸板に押しつけてられている乳房は、高校時代からは考えられないくらいの成長だ。

(七年経って、あの美少女も人妻か……もう大人の女なんだよな)

しみじみ思いつつ、香織の背中を抱いていた手を下に持っていき、今度は尻を撫でた。

こちらもすごいボリュームだ。

改めて高校時代のスレンダーな美少女は、どこもかしこも脂《あぶら》の乗った女の身体になったのだなあ、と思った。

その感動のままに、香織の片乳を裾野からすくいあげる。

(お、重たっ)

ずっしりとしながらも、指が沈み込むような柔らかさがある。

魅惑のおっぱいに陶然《とうぜん》としながら、むぎゅっ、むぎゅっと乳肌に指を食い込ませていくと、

「んんう……」

と、キスしたまま香織は悩ましい声を漏らし、せつなげに眉根を寄せた顔を見せる。

さらに揉むと、

「ああんっ……」

と、ついには口づけができなくなるほど感じたのか、キスをほどいて甘い声を漏らし始める
奔放にしていても、おそらく浮気するのは始めてなのだろう。

夫以外の男に身を委ねる罪悪感が、その表情にありありと見てとれる。

だが一方で……香織が欲情しているのも確かだった。

ひどく興奮していることもわかる。

(若月って、こんなにスケベだったんだな)

表情だけではない。

おっぱいを揉んでいると、乳首がピンピンになっていく。

香織の身体が「もっと激しく愛撫して」と訴えてくるようだった。

そんなことを考えていると、勃起の硬度が増した。

「あんっ……すごいっ……さっきよりも、もっと熱くなってる……」

香織がウフッと笑って勃起を握ってくる。

「若月だって……」

反論して香織の股に人差し指を差し入れたときだった。

（うわっ……）

恥毛の奥が思ったよりも熱くぬかるんでいた。

こんなに濡らしていたのか……。

俊一は香織を立たせると、両手を浴室の壁につかせて、いよいよ挿入の準備に入るのだった。

5

香織の両手を浴室の壁につかせ、背後から尻の奥に手を差し入れた。

ふっさりした恥毛を指でかき分けつつ、ワレ目をいじると、

「あンッ、んっ……」

香織が甲高い声を漏らして、ビクンッと可愛らしく全身を震わせる。

「若月ッ……ああ、もうこんなに濡らしてるじゃないか……」

鼻息を弾ませながら煽ると、香織は両手を浴室の壁についたまま、肩越しに振り向いて、なんとも扇情的《せんじょうてき》な泣き顔を見せてくる。

「ああん……言わないでっ……だって……だってぇ……久しぶりだし……」

その恥じらい方に激しく燃えた。

俊一は背後から差し入れた指を器用に使い、香織の花弁を押し開いてから、そのまま膣洞に中指を挿入した。

「あん！　だめっ、いきなりなんてだめぇ……声が大きくなっちゃう」

香織が尻をくねらせる。

その仕草があまりに色っぽかった。まるで挑発しているようだ。

どうにも香織のことをいじめたくなってきた。

「いきなりじゃなきゃいいのか？　じゃあ、いじるからな……」

背後からささやきながら、香織の女裂に潜り込んだ指をさらにグッと生温かいとろみの中に押し込んだ。

「んんんん！」

人妻の押し殺した悶え声が、バスルームの中に反響する。

香織は「もうだめっ」という感じで、肩越しにキスをねだるように唇を突き出してくる。

「ぅんんっ……んんっ」

俊一が唇を近づけただけで、香織はむしゃぶりついてきて、すぐに激しい口づけに変わる。

その間にも香織の中を指でかき混ぜる。

くちゅ、くちゅ、といういやらしい水音が響いて、しとどに蜜があふれてきた。

「ああん……もう、もうだめぇ……おかしくなっちゃうっ……ああんっ……ねえ、お願い……」

香織が口を離して哀願してきた。

「お願いって？」

また空とぼけて中指で膣穴をいたぶりつつ、親指でクリトリスをコリッと捏ねたときだ。

「んくっ……！」

彼女は唇を噛みしめながら大きくのけぞった。

そうして真っ赤になった美貌を横に打ち振って、困ったような表情を見せてきた。

さらに指で肉芽を何度も弾くと、いよいよ香織は観念したのか、壁に手を突いたまま、

「い、いじわるっ。もうきてっ。オチン×ン、山形くんの、オ、オチン×ン挿入れてっ」

と、肩越しに振り向いた顔を真っ赤にしながら、くいっと尻を後ろに突き出し

てくる。

ぷりんっ、とした尻丘の迫力に、もういてもたってもいられない。

香織の腰をつかみ、立ちバックの姿勢で、息をつめて香織の中に勃起を突き入れていく。

泡と蜜にまみれて滑りがよすぎた。

屹立はぬるりと嵌まり、一気に香織の奥まで貫いてしまう。

「いやあんっ……大きいッ」

香織は浴室の壁に手を突いたまま、全身を震わせる。

(す、すげえ……狭いっ)

香織の膣内は人妻とは思えぬほど窮屈で、熱くとろけていた。

そうして柔らかい媚肉が、待ちかねたようにペニスにからみついてくる。

カリ首にぴったりと吸いつくようなおま×この密着感に、早くも尿道が熱く滾っていく。

そして、何よりもだ。

高校時代の憧れのマドンナとひとつになったという事実に胸が熱くなる。

夢心地だった。

あのとき……好きという気持ちを悟られると関係が壊れると思っていたので、気持ちを隠して友達のように接していたが、本音はずっと男と女の関係になりたかった。

罪悪感はもちろんある。

だがそれよりも、激しい劣情《れつじょう》が勝っていた。

「ああ……入ってる……ひとつになってる……若月……香織……ッ」

うわごとのように、憧れの人の名を呼びながら、俊一は夢中になって激しく突き入れた。

「ああっ……すごいよおっ……あん、奥まで、奥まできてる……！」

香織は感じ入った声を漏らしつつ、早くも腰を回し始めていた。

ガマンできない、という感じで罪悪感や恥じらいも忘れ、元同級生のペニスを味わいたいと、ぐいぐいと尻を押しつけてくる。

負けじとこちらも細腰をつかみ、立ちバックで激しくピストンした。

「ああ！　だめえっ……そんなにしたら……」

あまりに強く打ち込んでいるので、下垂したおっぱいが前後左右にいやらしく揺れている。

俊一は下から手を差し入れて、香織のふくらみを揉みしだきつつ、パンパンと肉の打擲音が響くほど強く貫いた。

「ああんっ……いい、いいわっ……ああんっ！」

バストを捏ねられながらの突き入れが、よほどいいんだろう。

香織の顔から清楚な奥さんという雰囲気は消え、ますます淫らな表情になって、甘ったるい声を漏らし、大きな尻を振りたくる。

「だめえっ、声が、声が出ちゃうっ……」

そのときだった。

6

ガタッという物音が聞こえ、俊一は腰の動きをぴたりと止めた。

「おーい、香織ーっ」

秋野の声が浴室の外から聞こえてくる。
（まずいっ、起きたのか）
ふたりはつながりながら、引きつった顔を見合わせる。
「おーい、香織ーっ……あー、風呂か」
秋野の声が近づいてくる。
（ま、まずいぞ……）
俊一は香織と立ちバックでつながりながら動きをぴたりと止めて、様子をうかがう。
脱衣場には当然、ふたりの服が置いてある。
もし秋野にドアを開けられたら一巻の終わりだ。
冷や汗が出る。
そのとき、香織が肩越しに顔を向けてきて、耳元でささやいた。
「あの人の声、寝ぼけてるわ。まだ酔ってる。大丈夫だと思うから、じっとしてて」
そう言われても……と、ドキドキしていると、

「あー、頭痛ぇ」
磨りガラスに秋野のシルエットが映った。
緊張して顔が強張る。
香織も両手を浴室の壁についたまま、緊張している。
大丈夫とは言いつつも不安なのだろう。
だが、その緊張が異様な興奮をもたらしてきた。
旦那のいる前で、その奥さんを抱いているという背徳の興奮だ。このスリルが
俊一の理性をがらがらと崩していく。
(今動いたら、すげえ気持ちいいよな……)
友人の前で、そのセフレを抱いたという経験はある。そのときよりも夫婦の寝
取りは興奮してしまう。
ちょっとだけ、と、ゆっくりピストンすると、
「うっ……!」
香織が自分の右手で口を塞いで、ジロッと睨んでくる。
「こんなときに何してるの」と、表情が猛烈に怒っていた。

(ご、ごめん……でもすげえ興奮するんだもん)

俊一は続けてゆっくりと狭穴を抜き差しする。

「んっ、う……う……」

すると香織は口を塞いだまま、眉をひそめて湿った声を漏らし始める。

「俊一も結婚すりゃあいいのになあ……結婚って、すげえいいのに」

磨りガラスの向こうから、酔った秋野が話しかけてくる。

「そ、そうね」

香織は感じた顔を見せつつも適当に返事をする。

(秋野のやつ、何言ってるんだよ、自分は浮気してたくせに)

香織が寂しい思いをしてるんだぞ、と思えば罪の意識がかなり薄れた。

もう遠慮はいらないと、スローピストンを繰り返す。

「んっ……んっ……」

香織がわずかに声を漏らす。そうして……ついには香織の方から、わずかに尻を動かしてきたのだ。

(わ、若月……!)

驚いた顔をすると、香織は唇を差し出してきた。

ねちゃねちゃと舌をからめ合いながら、立ちバックでゆっくりと突いた。

声も出せない状況が興奮に拍車をかける。

全身が緊張で敏感になっているので、わずかな性器への刺激だけでも飛び上がるほど気持ちいい。

「じゃあ、俺、寝るからなーッ」

秋野がそう言って、脱衣場から出ていく気配がした。

ようやく解き放たれたように、俊一は渾身の力でストロークすると、

「ああん……いい、いい、たまらない……！」

と、ついに香織も我を忘れたように、激しく乱れまくるのだった。

第六章　甘えたがりの人妻たち

1

次の日。

憧れだった高校時代のマドンナと、七年の時を経て、まさかの身体の関係を結んでしまった。

相手は人妻。罪悪感はある。

だけど香織から望んできたことだ。

元はといえば、秋野の浮気が悪いのだ。

(よかったんだよな、これで……)

俊一は自室のベッドでごろりと横になった。

そのときだ。

電話がかかってきてスマホの画面を見れば、姉貴からだった。

「どうしたの？」

電話に出ると、姉貴がちょっと言いづらそうに切り出した。

「由紀がさあ、離婚して九州に行くって。大学の友達の仕事を手伝うんだってさ」

「へ？　マジ？」

やはり夫婦生活はうまくいってなかったのか。

「そうなんだ……」

「行ってあげたら？」

姉貴が珍しく優しい声を出した。

「え？　俺が？」

「だって……あんた、由紀のこと好きだったんでしょ」

ドキッとした。

やっぱり姉弟だ。それくらいは余裕でお見通しだったのか。

「知ってたのか」

「そりゃわかるわよ。だって、由紀もあんたのこと好きだったもん」

「へ？」

たっぷり五秒絶句した。

「い、今なんて？」

「……由紀は絶対に言わなかったけどね」

衝撃的な話だった。

（ま、まさかなあ、そんなこと……）

だけど、由紀を抱いたとき、

《私、いやなの。こんな風に無理矢理なんてあんたとしたくないのっ、するならちゃんと……》

確かにそんな風に言っていた。

あれは、無理矢理でなければOKだったということなのか？

「由紀がさあ、あんたには離婚のこと言わないでって、口止めしてきたのよねえ。なんかあったんでしょ、あなたたち」

「えっ……い、いや」

さすがに縛って、無理矢理ヤッたとは言えない。

「まあいいわ。旦那さんはいないし、今なら由紀だけ家にいると思うから、会ってきたら？　あとのことは知らないけどね」

電話が切れた。

慌てて着替えて、由紀のマンションに行く。

マンション前でインターフォンを鳴らす。由紀が出た。名を継げると彼女は驚いて、すぐにオートロックを解除してくれた。

「どうしたのよ」

彼女は玄関を開けると、不審げな目を向けてきた。

タンクトップにショートパンツという無防備な部屋着で、玄関のところにはすでに段ボールがいくつも置かれていた。

「い、いや……姉貴に言われて……」

そう言うと、由紀が苦笑した。

「おせっかいなんだから。まあ入って。それで、最後に挨拶に来たの？」

リビングルームに通される。

絨毯《じゅうたん》は裂かれているものの、家具はほとんどなくて殺風景だ。

俊一はすぐ頭を下げた。

「あんなことして、ご、ごめん。でも……そういう関係になりたかったのは事実で、つい富田にウソついちゃったんだ……自慢したくて……由紀姉がキレイで、あいつもずっと由紀姉のこと見ててさ……」

由紀が睨んできた。

「そういう関係ねえ。私があの富田って子とエッチしたら、どうするつもりだったのかしら」

「由紀姉は、そんなことしないから……」

俊一が口ごもると、由紀がほっぺたをつねってきた。

「いてててっ」

「でも佳奈ちゃんとはしたんでしょ？」

うっ、と息が止まる。

しかし、ここはもう素直にいくしかないと頷いた。

「まったくもう、スケベなんだから、ホントに変わったわねえ」

「でも、由紀姉のことはずっと好きだったから……九州に行っちゃったときも、行こうとしたらカレシがいるって言われて」

「あんた、あれ、本気だったの？　ヒッチハイクして行くって」

頷いた。由紀は呆れた。

「ふーん。わかったわよ、それで？」

「つ、付き合って欲しい」

「はあ？　離婚して間もない人妻に、それを言うわけ？」

「だって、昔はずっと言えなかったし……俺、もう迷わないって決めたから。由紀姉が勝ち気な割に、ホントはさみしがり屋なの知ってるから……もしよかったら、その……俺に……甘えて欲しいっていうか……エッチなチャットなんかやめて、エロい部分は俺だけに見せて欲しい」

由紀が顔を赤くして、指先で俊一の額を小突いてきた。

「ば、ばかじゃないの？　生意気よ。スケベっ！　だから私が寝ているときにイタズラしたわけね」

「いっ！」

バレていたのか……。

狼狽えていると、由紀は淫靡《いんび》な笑みを見せてきた。

「お仕置きしないとね。ウフフ……」

由紀が甘えるように身を寄せてきて、そのままキスされた。

人妻というのは甘えたがりだ。

ましてや、人妻が人妻でなくなるこの時期こそが、一番さみしくて甘えたがりだと思うのだ。

2

夫婦だったふたりの寝室には、まだベッドだけが置かれていた。

ふたりは抱き合いながら、そのまま中央にあるベッドに倒れ込んで、服を脱いでいく。

すべて脱ぎ捨て、裸になって全裸の由紀を抱きしめた。

(くうう、す、すべすべだ……それに柔らかいっ……)

手のひらで由紀の背中や、腰や生身のヒップを愛おしそうに撫でまわしていく。

ふくよかなバストと、細くくびれた腰から蜂のように急激にふくらんでいる臀《でん》部《ぶ》と太ももは、まさに二十八歳の女盛りの肉体そのものだ。

俊一は夢中になって触りまくり、由紀のしっとりした素肌に肌をこすり合わせていく。

「あん、もう？」

由紀が顔を赤らめて睨んでくる。

勃起が下腹部を叩いたのだ。

「だって、ずっとこうなりたかったんだから」

俊一は思いの丈《たけ》を打ち明けてから、仰向けになった由紀の全身を舐めた。

「あっ……あっ……」

由紀は気持ちよさそうに顎をせり出し、腰を妖しげに揺らしはじめる。

汗ばんだ肌から、ムンとした甘い女の匂いが立ちのぼる。

噎《む》せるような濃厚な肌の匂いで鼻孔を満たしながら、そのまま下半身へと舌をすべらせて、ふっさりとした茂みに唇を寄せていく。

「ああんっ、いやっ……」

由紀は身をくねらせて、太ももを閉じ合わせる。

そうはさせまいと、片方の太ももつかんでぐいっと持ちあげた。

大きく開かされた肉ビラからは赤い果肉が覗き、ぬらぬらと蜂蜜をまぶしたように妖しくぬかるんでいる。

「由紀姉だって。もう濡らしてるじゃないか」

煽《あお》ると、彼女はイヤイヤと首を振る。

(か、可愛いっ……)

たまらなくなり、由紀の秘部に顔を寄せていく。

濃密な香りを嗅ぎながら、ワレ目をぬるっと舐めると、

「あっ……！」

由紀は声をあげ、ビクンッと震えた。

その反応が可愛らしく、俊一は片足を開かせたまま、由紀の潤んだ陰唇にじっくりと舌を這わせていく。

すると、

「……はううん……ああん……し、俊っ……だめぇっ」

由紀は気持ち良さそうな声を漏らし、甘い匂いをさせながら細腰を淫らにくね

らせる。

もっとだ。

さらに激しく花びらを舐めれば、膣奥からはまた新たな分泌液が垂れこぼれ、獣じみた匂いがツンとくる。

「ああんっ、だめっ……だめっ……」

堪えられない、とばかりに由紀が顔を横に振る。

セミロングの栗髪が、ふわりと乱れ、じっとり汗ばんだ乳房が、いきおい、たゆん、たゆん、と揺れ弾む。

俊一は舐めながら、由紀の中に指を差し入れた。

「あぅぅ！」

いきなりの指の挿入を受けて、由紀が背をのけぞらせる。

根元まで深々と指を入れて、奥をかき混ぜながら、同時に上方のクリトリスを舐めあげると、

「そ、そこ……ああんっ、だめっ……あっ、あっ……」

だめと言いつつも膣内の媚肉はキュッと指を包み、愛液がべっとりと、まとわりついてくる。

(やっぱりクリトリスは感じるんだな)

俊一は指を出し入れさせながら、小さな真珠のようなクリトリスをぱっくりと咥えて、ちゅうぅぅぅ、と吸い立てる。

すると、

「くぅぅぅ！」

由紀の腰がぶるぶると震えた。

息があがり、切れ長の目が潤んでいる。

「……ねえ……し、俊……私、イキそう……」

素直な由紀に、俊一はドキッとした。

「あ、ど、どうしよう……このまま続ける？」

慌てて訊くと、由紀は恥ずかしそうにうつむいた。

「ねえ……俊とひとつになりたい……入れて欲しい……」

せつなそうな表情に、ときめいた。

由紀の両脚を広げさせた。

恥ずかしいM字開脚をさせたまま、いきり勃ちを濡れそぼる媚肉に押し当てて力を込めると、ぬちゅっ、と屹立が嵌まり込んでいく。

「ぁああっ！」

由紀が叫んで、背をしならせた。

眉間にシワを寄せた苦悶の表情で、ハアッ、ハアッと喘いでいる。

「う、く……」

俊一も、歯を食いしばらなければならなかった。

由紀の膣がギュッと締めてきたのだ。

(ああ……あったかい……やっぱり……由紀姉とのセックスは最高だ)

ぬくもりと愛情を感じた。

もういっときも離れたくない。

腰を振れば、

「う、くぅぅぅ！　あっ、だ、だめっ！　いやっ、いやぁぁ……」

由紀は困惑した声をあげて、腰をくねらせた。

だめだと言いつつも、由紀はシーツを握りしめて爪先を震わせている。

感じているのだ。

その表情がたまらなく愛おしかった。

好きだった。

由紀が好きだった。

俊一は夢中になり、前傾して、揺れ弾む乳房をチューッと吸い、乳首を舌でねろねろと舐めあげる。

すると、

「ああっ、ああっ、あああああっ……」

さらに由紀のヨガリ声が、甲高いものに変わっていく。

（くううっ、色っぽい……）

ますます突いた。

パンッ、パンッ、と肉の打擲音が響きわたるほど連打を繰り返す。

「ああんっ、いい、いいわっ……俊……もっと、もっと好きにしてっ……」

濡れた目で見つめられる。

抱きしめたくなって、由紀の腰と背中を持って、仰向けだった彼女をぐいっと起きあがらせた。

「え……ちょっと、あんっ！」

結合を外さないようにしながらも、足を投げ出し、胡座《あぐら》の上に由紀を跨がらせた。

由紀を腰の上に乗せて、お互いが抱きしめる。

対面座位だ。

由紀としてみたかった体位だ。

「やあん……これ……あんっ、恥ずかしいっ」

そう言いつつ、由紀の表情はとろけきっている。

俊一は唇を突き出した。由紀が応えて唇を押しつけてくる。そのまま下からぐいぐいと突きあげると、

「ンンンッ……」

キスしたまま、由紀がくぐもった悲鳴を漏らした。

さらに深いところまで届かせるように、由紀を抱っこしたまま下から腰を突き

あげる。

「あああんっ、いいわっ……好きっ、俊……好きっ！」

由紀は媚びた目をして、激しい口づけを求めてくる。

（ついに言ってくれた。俺のこと、好きだって……）

うれしかった。

突いて、突いて、突きまくった。

「あああんっ、いい、いいわ。わ、私……やだっ、また……」

由紀が、イッてもいい？　と問いかけるような表情をする。

「いいよっ、イッて……ああ、こっちも……」

ガマンできなくなってきた。

由紀はしかし、この前とはまるで違い、とろけたような目で、

「あんっ、いいよ。出して……私の中にちょうだいっ」

中出しのおねだりだ。

たまらなかった。勢いよく突いた。そのときだ。

「あ……あっ……イクッ……あああんっ……私、またイクッ、イッちゃううう！」

体面座位のまま、由紀が大きくのけぞり返った。

こちらももう限界だ。

「くぅっ……ゆ、由紀姉っ……」

抱きしめたまま、由紀の中に放出した。

今度は由紀から望んだ中出しだった。

痺れるような快楽の中、由紀はうっすら微笑んで、優しくキスしてくれたのだった。

3

「お久しぶりね」

待ち合わせの喫茶店に現れた美智子は、相変わらず四十歳に見えないほど若々しかった。

四十歳でも可愛らしい雰囲気があり、それでいて色っぽいのは口元のほくろのせいもあるだろう。

さらに白いブラウスの胸のふくらみは相変わらず大きし、タイトスカートの尻もムッチリだ。

美智子はテーブルの向かいに座り、珈琲を注文した。

「遙香とうまくいかなかったのは残念だったわ」

美智子がため息交じりに切り出した。

遙香には先日、ついに別れを切り出していたのだった。

「すみません……いろいろ考えたんです。でも……」

「仕方ないわ。男女の関係っていうのは理屈ではないから。それでも、あなたにアレを教えてあげたこと、後悔してないのよ」

美智子が色っぽく笑ったのでドキッとした。

「それは……うっ！」

会話している途中でビクッとした。

いきなり美智子の足がテーブルの下から伸びてきて、俊一の足の間に入ってきたのだ。

「うっ……あ、あの……お、お母さんっ」

狼狽えた。

パンプスを脱いだ爪先が、ズボン越しの股間を撫でている。

俊一は慌ててまわりを見る。

隣の席にはサラリーマンが座って、パソコン画面をじっと眺めている。

もしこちらを見てしまったら、美智子が淫靡なイタズラをしていることがバレてしまうだろう。

（お、お母さんっ……こんなところで、なんて大胆なことを……）

焦っていると、美智子は妖艶な目で見つめてきた。

「……ごめんなさい。ハンカチを落としちゃった。取ってくれないかしら」

美智子が股間のイタズラをやめて、妙なことを言い出した。

「い、いいですけど……」

なぜ自分で取らないんだろうと、テーブルの下に潜ったときだった。

タイトなスカートを穿いた美智子の足がゆっくりと開いていく。

（えっ……あっ！）

スカートの奥にあるパンティストッキングに包まれた薄ピンクの布地が見えて、

俊一は一気に鼻息を荒くする。

（パンティだ！　お、俺に見せてるんだよな）

ドギマギしながらも床に落ちていた美智子のハンカチを拾い、椅子に座り直してから彼女にそれを渡した。

「ありがとう。ウフフ。ねえ、俊一さん。これからもこうして会ってくれるとうれしいわ」

「えっ？　い、いいんですか？」

「いいわよ。昼じゃなくて、よかったら夜でも……もうお母さんじゃないし……」

熟女の色っぽい上目遣いに、昼間から股間を熱くさせてしまう。

「ウフフ。この歳になってもね、誰かに甘えたいときだってあるのよ」

アパートに戻る道すがら、興奮しながら考えていた。

（お母さん、じゃなかった、美智子さんがまた会って欲しいだなんて……）

いや、でも自分には由紀がいる。

今日ももうすぐアパートに由紀がきてくれるのだ。

（でもなあ、熟女の魅力もたまんないんだよな）

ニヤニヤしていたら、スマホが震えた。

画面を見れば、美優からのＬＩＮＥである。珍しかった。隣人だったギャル妻はもう引っ越して、旦那とうまくやっているハズだが……。

《あの人と喧嘩しちゃった。また甘えさせてほしいの。今から行っていい？》

文面を見てくらくらした。

（ど、どうしよう）

うれしい反面、とにかく由紀とのブッキングは避けなければと考えた。

そのときだった。

香織がアパートの階段を昇ってくるのが見えた。

俊一は卒倒した。

（なんなんだよ、これ……）

人妻というのは、どうしてみなこうも甘えたがりなんだろう……。


〈了〉

※この作品は「甘えたい、エッチな奥さまたち」（スポーツニッポン・2023.01.03～2023.02.28）を、文庫化に際し大幅に加筆修正したものです。

紅文庫

甘《あま》えたい、エッチな奥《おく》さまたち

桜井真琴《さくらいまこと》

2023年 11月 15日　第 1 刷発行

企画／松村由貴（大航海）
DTP／遠藤智子

編集人／田村耕士
発行人／長嶋博文
発売元／株式会社ジーウォーク
〒 153-0051 東京都目黒区上目黒 1-16-8 Yファームビル 6 F
電話 03-6452-3118
FAX 03-6452-3110

印刷製本／中央精版印刷株式会社

ISBN978-4-86717-635-1

桃色ちょうちん物語
津村しおり
Shiori Tsumura
見られちゃう……
亡き妻と生き写しの女が、
仏壇の前で肌もあらわに乱れ──。
函館で居酒屋を営む兆司は妻の結子を亡くし、彼の時間は止まったままだった。そんな兆司の店に、螢というミステリアスな女が現れる。彼女はなんと亡妻に生き写しだった。螢は店で酔いつぶれてしまい、二階の自室に泊めるが、その翌朝、しばらくここに置いてほしいと彼女に頼まれて……。大人の胸キュン恋物語！
定価／本体750円＋税
紅文庫
最新刊